捨てられ（元）聖女は運命の騎士に溺愛される

Characters
ネラ
聖女だった前世を持つ子爵令嬢。前世の記憶はないが、透視能力を引き継いでおり、その代償に視力を失った。
フレイダ
連続誘拐事件の解決のために王都からやってきた王衛隊の一番隊隊長。困っていたネラを助け、求愛してくるが……

カイセル
フレイダの部下。
ルナー
誘拐事件の被害者。
ゼン
リリアナの浮気相手。
リリアナ
ネラの腹違いの妹。ネラのことが嫌いで、家を追い出す。
クリストハルト
ネラの元・婚約者。盲目のネラを疎み、リリアナに乗り換えた。

目次

捨てられ（元）聖女は運命の騎士に溺愛される

一章　奇妙な目を持つ占い師と婚約解消

「ネラ、すまない。僕との婚約を解消してほしい」


向かいのソファに座る婚約者のクリストハルトに重々しく告げられた。

隣では、腹違いの妹のリリアナがどこか嬉しそうな表情を浮かべながら彼の肩に身を寄せている。

婚約解消をする場で、女をはべらせているなど非常識もはなはだしいが、ネラには婚約者が妹と睦み合う様子は見えていない。

なぜなら、ネラはひと月前に両目とも失明してしまったから。

昔からたまに目が痛くなることがあった。それが突然悪化してみるみる視野が欠けていき、とうとう完全に視力を失ってしまった。今は視界の先に、暗闇が広がっているだけ。医者にも診てもらったが、原因は不明と言われた。

ただ、ネラにはその理由の見当がついている。

「全ては僕が不甲斐ないせいだ。僕には君を……支える自信がない」

そう言って、クリストハルトは「すまない」と詫びの言葉を重ねた。

ネラが盲目になったことを口実にしているが、彼の心が自分にはないことは、前から分かっていた。

貿易商を営んでいるネラの実家ボワサル子爵家と、金融業で財を築いたクリストハルトの実家スチュアス伯爵家。両家は昔から懇意にしていて、クリストハルトの婿入りは幼いころから定められていた。政略結婚とはいえ、彼とはそれなりにうまくやってきたつもりだった。

しかし、一年前にネラの母が病死してから、状況が一気に変わった。母の死からまもなく、父は後妻を迎えたのだ。

後妻との間にはネラより一つ年下の子どもがいて、それがリリアナだった。父は昔から家庭を顧みない人で、政略結婚した母との関係も良好ではなかったので、よそに愛人がいたことは不思議ではない。とはいえまさかこんな大きな子供がいたとは青天の霹靂《へきれき》であった。

そしてリリアナは、子爵家の後継であるクリストハルトの婚約者の座を狙った。無愛想なネラとは違い愛嬌のある彼女に、クリストハルトが惹かれるまで時間はかからなかった。心変わりしていくに連れて、ネラへの扱いもぞんざいになっていき、君には可愛げがない、とリリアナと比較してあからさまな嫌味を零すこともあった。

ネラが黙っていると、耐えかねたリリアナが沈黙を破る。

「お姉様だって、目が不自由で務められるほど、子爵夫人の役目は簡単じゃないって分かっているでしょ？　だからね、あたしが代わりに結婚しようと思うの。全ては、両家とお姉様のために……」

しおらしげなセリフだが、随分と声が明るい。予想通り、婚約解消の目的は、妹と婚約を結び直すことにあるようだ。

だが、彼女の言うことももっともだ。貴族の夫人は社交界での付き合いや屋敷の事務仕事をしなくてはならないが、それらは目が見えなければできないことばかり。

「お父様はなんとおっしゃっているの？」

家同士の問題でもあるので、当人だけで決める訳にはいかない。ネラが冷静に尋ねると、クリストハルトが答えた。

「君の父上は、本人たちの気持ちに任せるとおっしゃってくださった。リリアナとの婚約の結び直しも、認めていただいている」

彼は周到な男だった。ネラの知らないところで、すでに両家に根回ししているらしい。

ネラの父は、伯爵家に投資してもらって事業を拡大するために結婚を熱望し、スチュアス伯爵家に迎合してきた。クリストハルトが妹を望むなら、その意向に従うつもりだろう。

「その……君には心の整理をする時間が必要だと思うんだ。視力を失って間もないのに、結婚は精神的に負担になるだろうから。君もそう思うだろう？」

つまり、あくまでネラの意思という体で円満に婚約を解消したいということだろう。

虫のいい話だ。障害を負った相手に一方的に婚約解消を突きつけると体裁が悪いから、自分の意思で引いてほしい、という気持ちが見え透いている。

ネラは俯き、唇を噛んだ。

幼いころからずっと婚約者としてともに育ち、恋愛感情こそなくとも、それなりに慕っていた。

彼だって長い時間を過ごしてきて情があるはずだ。にもかかわらず、視覚を失って一番辛くて苦しいときに、寄り添うどころかあっさり突き放すなんて。

ネラは、クリストハルトにとって自分はその程度の存在だったのだと実感させられた。

「お気遣いありがとうございます。分かりました。婚約の解消を受け入れます」

悔しさをぐっと押し殺して、心にもないお礼の言葉を口にする。

「そ、そうか。……ありがとう、ネラ」

重い荷物から解放されたように、クリストハルトはほっと息を吐いた。その横で、妹が密かにほくそ笑んでいる。

生涯連れそうはずだった相手に見放され、ショックを受けているネラに、リリアナが「そうそう」と軽い調子で追い打ちをかけた。

「それでね。とっても言いづらいんだけど、お姉様には修道院に入ってもらおうと思うの。あそこなら、お姉様みたいな身体の不自由な方が大勢いらっしゃるから、仲間ができて気が楽になるはずよ。あたしも結婚したら忙しくて、お姉様の世話ができなくなるし……」

今までも、リリアナに世話をしてもらったことは一度もないが。

(厄介払いもいいところね)

ネラは小さくため息を吐く。

修道院は、神への信仰の場であるだけではなく、色々な問題を抱えた人たちを保護する施設でもある。病気を抱えた人や、婚外子や寡婦《かふ》、老人たちが集まり、身の保護をしてもらう代わりに、神の教えに倣って生きる誓いを立てるのだ。

しかし、毎日のスケジュールが分刻みで定められ、戒律がとても厳しい。朝早くに起きて礼拝、昼に礼拝、夜にも礼拝……。祈りを捧げるだけではなく、食べるものや着るものも制限され、私有財産を持つことまで禁じられる。更に、生涯独身でなければならない。娯楽といえば、読書や刺繍くらいなものだろう。だがそれらは、目の見えないネラにはできない。

「お姉様のため」などと聞こえのいい言葉を並べているが、本音はこれから一緒にクリストハルトと暮らすから、邪魔者の元婚約者は出ていけ、というところだろう。元婚約者が同じ屋敷に住んでいたら、世間体が悪いから。

「悪いけれど、修道院には入らないわ」

この家に自分の居場所はない。でも、修道院に入って自由を制限されるのも嫌だ。

「……もう、お姉様ったら。これは全部お姉様のためなの。どうして分かってくれないの？」

リリアナは困ったように眉を寄せる。婚約者を略奪し、あまつさえ家から追い出そうとしているのに、まるで被害者のような態度だ。

彼女の思い通りにするのは不本意だが、懇願してまでこの家に置いてほしいとも思わない。何が悲しくて、元婚約者と妹が仲良く暮らすところを横で見ていなければならないのか。むしろ、ネラの方がこの家を早く出ていきたかった。

「修道院には行かない。――でもこの家からは出ていくから」

「は？　出ていくって……その目でどうやって生きていくつもり？」

「仕事を見つけて、なんとかやっていくわ」

ネラはソファからすっと立ち上がり、無言でふたりを見下ろした。

きらっと微かに光ったネラの瞳に、リリアナとクリストハルトが萎縮する――相変わらず気味の悪い瞳だと。視力こそ失ったものの、瞼の開閉を行う機能に問題はないため、ずっと目を閉じている訳ではない。

ネラの瞳は生まれつき普通の人と違う。サファイアのような碧眼の瞳孔に金色の輪が浮かんでおり、時々光を放つのだ。そしてただ光るだけではない。幼いころから、その瞳には過去や未来だけでなく、誰かの後ろめたい秘密まで見通す――奇妙な透視能力があった。

成長とともに能力も強くなっていき、このごろは顕著な覚醒があった。そのタイミングで視界が真っ暗になったので、失明はこの能力となんらかの因果関係があると推測している。

そしてこの光る瞳は、周りから気味が悪いと嫌厭《けんえん》されてきた。

元婚約者と妹を見えない瞳で見据えながら、玲瓏《れいろう》な声で呟く。

「おふたりとも、どうか末永くお幸せに」

ネラは踵《きびす》を返し、壁を手でつたいながら部屋を出た。


父の書斎に行き、事の仔細を報告する。

「クリストハルト様が婿入りすれば、私の立場はありません。この家を出ようと思います。今までお世話になりました」

「そうか」

父は完全にクリストハルトに迎合している。だから引き止められもせず、冷たく返されるだけだった。はなからこの人をあてにしようとは思っていないが、実の親に見放されたことを実感すると、ほの暗い感情が胸に広がる。

物言いたげに見えない目で父を見つめて突っ立っていると、父はテーブルにペンを置いて、ネラを威圧的に睨んだ。

「なんだその顔は。何か不満があるなら言ってみろ」

「いいえ。なんでもありません」

「ならさっさと出ていけ。その気味の悪い目をあまりこちらに向けるな。目障りだ」

父はなんでも見透かすネラの光る瞳を昔から嫌悪していて、目も合わせようとしない。

「お仕事中失礼しました。ではこれで」

もしかしたら、何かひとつでも励ましの言葉があるのではないかとどこかで期待していた。「達者でやれ」とか「すまない」とか、わずかでも労る言葉を掛けてくれたら、どんなにか救われただろう。

けれど、励ましの言葉どころか、書斎を出る直前、ドアノブに手をかけたネラに「気味の悪い女だ」と父は吐き捨てた。

昔っから愛情のない人だった。結局彼が大切なのは仕事と金だけ。娘さえも立身の道具に過ぎないのだ。だから、いらなくなったらぽいと捨てることができてしまう。

（最初から分かっているわ。期待するだけ無駄だって）

肩を落としながら、ネラは自室へ戻った。

さて、これからどうしよう。

家を出るとは言ったものの、リリアナの言う通り、全盲の自分が自立してやっていくのは簡単なことではない。全盲になってからまだ一ヶ月。日常生活もままならない状態で、いきなり働いて生計を立てていくのはさぞ大変だろう。

ソファに腰を沈めて思い悩み、しかしすぐに結論は出た。

（占い師になろう）

たったひとつだけ、あてがあるとしたら、それは――占いだ。

自分の瞳に宿る透視能力は別に望んで得た力ではなかったが、人のために活かした方がよいような直感があって、ネラは屋敷の一室をサロンにして、無料で毎日数人ずつ依頼を受けるようになっていたのだ。その恐ろしいまでの的中率に人々は舌を巻いた。ネラの実力は口コミで広がっていき、いつの間にか予約が半年先までいっぱいになっていたほどだ。

今までに何件かの店などから、「専属占い師にならないか」と打診をもらっている。その中のどこかを訪ねてみることにしよう。

（落ち込んでいる場合ではないわ。修道院に入れられる前に自分でなんとかしないと）

政略結婚が白紙になって、図らずも貴族のしがらみはなくなった。家督を守るために結婚して跡継ぎを産むという役目は果たさなくていいのである。

だからこれからは家のことは気にせず、自分の足で自由に生きていこう。周りに翻弄される人生はこれで終わりにしよう。これ以上、誰かの思い通りになどなるものか。傷ついてうずくまっていたって、この現状はどうせ変わらない。

(大丈夫。私はひとりで生きていける。家に縛られず、自由にさせてもらうのよ)

家族には何もできない娘だと侮《あなど》られていたが、長らくサロンを開いていたおかげで能力も人脈もそれなりにある。

ネラはおもむろに立ち上がり、壁伝いに窓際まで歩いて窓を開け放った。外から吹き込む爽やかな風が、ネラの銀糸のような髪をゆらゆらとはためかせる。

ネラは透視能力を発動させ、問う。――働き先はどこがいいか、と。彼女の瞳に浮かぶ金の輪が神秘的な輝きを放つ。

『バー・ラグール』

瞼の裏にその文字が視えた。バー・ラグールは、専属の占い師にならないかと打診をしてくれた有名なバーだ。働き先として交渉しに行く場所は決まったが、バーの名前以外に視えたものがあった。

バーで働いているネラと、楽しそうに話している男性の人影。

(この人は……誰?)

未来のネラの客のようだが、彼の存在を認識した刹那、胸がきゅうと切なく締め付けられる。息が苦しくなるほどの強い痛みを宥めるように胸を押さえた。

未来を視る際には、時々、情報が肉体的な感覚を伴って伝わってくることがある。未来の勤め先になるであろうバー・ラグールで、何が待ち受けているのだろうか。しかし、男性の影がわずかに浮かび上がったきり、それ以上の情報は視えてこず、きょとんと小首を傾げるに終わった。

謎は謎のままに、ネラは外行きの服に着替え、杖を持って家を出たのだった。

◇◇◇

ネラが暮らしているのは、ラケシス王国の商都リデューエル。陸と海の交通の要衝となっている港の街だ。

バーの場所は、実家から徒歩三十分ほど。今までならなんてことない距離だったが、視力を失った今のネラにとっては途方もなく遠く感じた。

(前が見えなくて怖い……。ちゃんと歩道を歩けているのかしら)

まだ、杖を使って歩くことにも慣れていない。人が往来する気配と、車道を走る馬の蹄《ひづめ》の音に意識を配りながら、ゆっくりゆっくりと石畳を歩いた。

いつ、どこにぶつかり、何につまずくかも分からず、不安でのそのそと歩いていたら、突然身体に衝撃が加わる。自分が人にぶつかったのだと理解したのは、地面に転がってからだった。

「きゃ――」

ばたんとその場に倒れ込んだネラに、男の叱責が降ってくる。

「邪魔だよ退きやがれ！　んなのろのろ歩いてんじゃねぇよ！」

「……すみません」

「周りの迷惑も考えろ。ったく」

ぶつかった大柄な男が、杖を手探りで探すネラを見て煩《わずら》わしそうに舌打ちした。そのまま男は立ち去り、ネラはひとり路上に取り残された。

周囲から、ひそひそと人の声がする。男の怒鳴り声を聞いて、なんの騒動かと推測しているのだろう。彼らは面白おかしく噂するだけで、気遣って声をかけてきたり、手助けしようとしてくることはなかった。

（杖はどこ……？）

石畳の上にぺたぺたと手を着いて、落とした杖を探す。でもなかなか見つからない。道端で四つん這いになっている自分の姿は、さぞかしみっともなく見えているだろう。

なんて、惨めで情けないのか。

目が見えていたら、落とした杖をすぐに拾い上げることもできたのに。道を歩いただけで、好奇の目に晒されることもなかったのに。

辛くて悔しくて、ぎゅっと拳を握り締めたそのとき――

「お嬢さん、大丈夫ですか？　杖はこちらです」

今度は爽やかな男の声が頭上から降ってきて、ネラは思わず顔を上げる。すると声の持ち主が杖を手に握らせてくれた。

その声を聞き、そして彼の手が自分の手に触れたとき、懐かしさと切なさが腹の底から湧き水のように込み上げてきて、なぜか泣きそうになった。

（え……どうして――）

不可解な感情の昂りを唇を引き結んで堪え、平然を装う。

「……ご親切にどうも」

「いえ。怪我はありませんか？」

「はい。平気です」

「差し支えなければ、どちらに行かれるのか、お聞きしても？」

「……『バー・ラグール』というお店ですけれど……」

「ありがとうございます。少しそこでお待ちいただけますか」

「は、はい」

男はネラを道の端に置いて離れていったようだった。待っていてと言われて大人しく頷いたはいいものの、彼は何をしにどこに行ったのだろうか。

もしかしたらただからかわれただけかもしれないし、再び戻ってくる保証はないのに、ネラは待った。初めて会った相手だが、なぜだか彼のことは信じていいような気がしたからだ。

すると、数分して戻ってきた彼はこう言った。

「場所を聞いてきました。よろしければ俺に案内させてください」

思わぬ提案にネラは目を瞬かせた。案内するためにわざわざ人に場所まで尋ねてきてくれたようだ。

「よろしいのですか？　ご迷惑なのでは……」

「迷惑だなんてとんでもない。むしろ──俺がそうさせていただきたいんです」

彼はまるで、切実に願うようにそう口にした。

人にぶつかって怒鳴られたり、こそこそ噂されたり、嫌な思いを沢山して心細くなっていたネラは、申し訳ないと思いつつも好意に甘えることにした。

「では……お願いします。助かります」

男は「失礼します」と言って、ネラの左手を自分の腕にかけさせた。それから、半歩手前を歩いて誘導を始める。

「あと二歩先に段差があるので、注意してください」

「分かりました」

「──そこです。少し高さがあるので、ゆっくり」

段差の前で立ち止まり、ゆっくりと引き上げてくれた。段差を越えてから、また歩き出す。

彼は道中、ずっと親切だった。障害物があれば数歩前から予告し、上手くかわせるように立ち止まり、歩調もネラのペースに合わせてくれた。そして彼は、ネラのことをまるで壊れ物のようにきわめて慎重に扱った。

　隣で歩いている間、彼の存在をありありと心に感じた。ふたりの間には、誘導に必要な最低限の会話しかない。それでも彼が近くにいることが心強く、ネラは不思議と安心していた。

　彼に誘導されながら、二十分ほど時間をかけてようやく目的地に到着した。

「こちらの建物みたいですね」

　看板には、『バー・ラグール』の文字。路地裏にひっそりと佇む煉瓦造りのモダンチックな二階建ての建物で、一階が店になっている。

「案内ありがとうございました。本当に助かりました」

「お構いなく。さ、中へどうぞ」

　彼はそこではまだ帰らず、ドアを開いて中へと促してくれた。

「……ここまでで大丈夫ですので」

「心配なので、中まで案内させていただけませんか？　ご迷惑でなければ」

　なんて親切な人なんだろう。散々好奇の視線に晒されて落ち込んでいたが、彼の優しさに心がじんわりと温かくなった。

「ありがとうございます」

　今日はずっと暗い顔ばかりしていたが、少しだけ元気を取り戻し、ネラはふっと微笑んだ。すると、そのネラの柔らかい表情を目の当たりにした男は、わずかに目を見開いて押し黙ってしまった。

　黙りこくっている彼に、小首を傾げながら尋ねる。

「どうかなさいましたか？」

「すみません。とても綺麗な瞳で、つい見蕩れてしまいました。笑ったお顔もとても……素敵です」

「…………」

思いもよらない返事だった。この瞳が綺麗だなんて生まれて初めて言われた。不気味だと貶《けな》されることはあっても、褒めてもらうことはただの一度もなかったのに。

「そのようなこと、初めて言われました」

どきどきと心臓の鼓動が加速し、顔が熱くなる。世の中には物好きもいるのだと思いつつ、ネラは照れて赤くなった頬を隠すようにそっと俯いた。


カランカランとドアベルが鳴る。

店内から、女性に好まれそうなフローラルアロマの香りが漂ってきた。ホールで女の従業員が清掃をしている。

「突然お訪ねしてすみません。以前占い師の採用でお声がけいただいていた、ネラ・ボワサルと申します。こちらで働きたいのですが、店主様はいらっしゃいますか」

すると従業員は、ネラを上から下まで値踏みするように眺めてから、迷惑そうに言った。

「えーっと……目が不自由な方、ですか？」

「……はい」

「申し訳ないですけど、うちは障害者雇用はしていないので」

「そこをなんとかお願いできませんか？」

「規定ですので」

せっかくここまで来たのに門前払いを食ってしまい、がっくりと肩を落とす。

占い師としてなら働いていけると思ったが、考えが甘かったか。透視では確かに、この店で働いている未来を視たはずだったのだが――

「以前そちらからオファーがあったそうですから、一応店主にお伝えするだけでもお願いできませんか」

そう声を出したのは、案内をしてくれた男だった。きっぱり諦めて帰るつもりだったが、彼が代わりに説得してくれている。本当に親切な人だ。

「はっはい！　承知しました。では、そちらのお席におかけになってお待ちください。お飲み物もお持ちしますねっ！」

「お構いなく」

（え？　さっきと態度が違うような……）

心なしか従業員の声が高くなった。ネラに対しては冷淡だったのに、彼に対しては対応が甘い。態度が変わった理由に見当がつかず、不思議に思って小首を傾げながら、席に腰を下ろした。

「色々としていただいて、申し訳ないです」

「いえいえ。とんでもない。あなたのお役に立てることが、俺にとっては何よりの喜び……ですので」

「……？」

噛み締めるようなその口ぶりは、初めて会った相手に対して大袈裟なものだった。まるで、生涯忠義を尽くすことを誓った騎士のような感じ。

まもなく、店主のメリアが奥から出てきて、面接もせずに即座に採用してくれることになった。しかも、この建物の二階の空き部屋を安く貸してくれるという。

あまりにとんとん拍子に事が運んで拍子抜けしてしまった。

「この店に来る客は、あんたに世話んなったのが多くてね」

「そうなんですか？」

「ああ。それで皆、口を揃えて一番当たる凄腕占い師は、子爵家のレディー、ネラ・ボワサル嬢だって言うのさ。あんたが来てくれんならうちは大歓迎だよ」

まさか、なんとなくやっていた占いがそんな風に評価されていたとは。必要としてくれる人がいたから非営利目的で続けていた占いだが、そのおかげでどうにか食いぶちを稼ぐことができそうだ。

勤め先と住居がさっそく決まり、ほっとする。

やはり、透視で視た通りの現実が目の前に訪れようとしている。失明してから格段に能力の精度が上がっているが、透視で見た謎の男も、客として自分の前に現れるのだろうか。

「でも、貴族のお嬢様がどうして急に働く気になったんだい？　どこぞの良家の坊ちゃんと結婚するって話だったじゃないか」

メリアの言う通り、以前は結婚を理由に占い師の雇用の打診を断ったのだった。そもそも、貴族の令嬢が金稼ぎをするのは恥とされているので、仮に結婚の予定がなかったとしても断っていただろうが。

「お恥ずかしい話ですが、つい先ほど婚約を解消されて家を追われまして」

「ええっ!?」

隠す理由もないので、失明を理由に婚約者に別れを切り出されたことと、彼は妹と新たに婚約を結び直し、自分は追い出される形になったことを打ち明けた。

「全く……薄情な男だね。それを知るいい機会だったと思いな。いい男なんて他にごまんといるよ」

メリアの慰めに苦笑する。彼女が今度は男の方を見て言った。

「それで、そっちの色男は誰なんだい？」

「ただの通りすがりです。道で彼女が困っているようでしたので、こちらまでお連れした次第です」

「へぇ。その隊服、王衛隊のもんだろ？　顔よし、スタイルよし、性格よし、職柄よしと来た。まだ相手がいないなら、うちの娘なんかどうだい？　ちょうど年頃でねぇ」

話を聞くと、どうやら彼は相当な美丈夫らしい。先ほどの女性従業員の媚びるような態度も腑に落ちる。

王衛隊は、王都の治安維持と王族の身辺警護を担う組織で、国内に存在する警察組織の中のトップである。高貴な身分の出であること前提で、更に能力が優れた者が採用される。いわゆる超エリートだ。

「はは。お嬢様には俺なんかよりも素敵なお相手がいらっしゃいますよ」

謙遜しながらさらりと誘いをかわす様は、どこか慣れている。きっとこういうことがよくあるのだろうと理解した。

たわいないやり取りをした後、ネラはそっと立ち上がって言った。

「そろそろ失礼させていただきます。長居しても申し訳ないので」

「それじゃ、来週から頼むよ」

「はい。お世話になります」

男も一緒に立ち上がり、店の外までごく自然にエスコートしてくれる。

そして玄関の外で、「家はどちらですか?」と尋ねられた。

(やっぱり、送ってくれるつもりなのね)

店内にいるときから、なかなか立ち去らない彼が帰り道のことも心配してくれているのではないかと思っていた。そして、予想通りの言葉。

さすがにこれ以上は手間をかけさせる訳にいかないと思い、ネラは首を横に振った。

「自分ひとりで帰ります。今日は本当にありがとうございました」

「おひとりで本当に大丈夫ですか? 遠慮はなさらないでください。目が見えなくなって間もないということですから不安もおありでしょう」

「お気持ちだけで」

「そうですか。では、自分はこれで」

愛想よく会釈をした後、彼がくるりと背を向ける。

「あの……！　お待ちください」

ネラは思わず引き留めていた。

「どうしましたか？」

「私……占いが得意なんです。何か悩みがあれば、いつでもご相談ください。もちろんお代は結構ですので」

なんのお礼もせずに帰すのは申し訳ないと思い、ネラは提案した。今の自分に示せる誠意はこのくらいだ。

実際に訪ねてくることはないかもしれないが、もし店を訪ねてきてくれたら、そのときは店のものを何かご馳走しよう。

そんなことを考えていると、彼はしばらく間を置いて、悩ましげに言った。

「今、ひとつお尋ねしてもよろしいでしょうか？」

「ええ。もちろん大丈夫ですよ」

「ずっと、探している女性がいるんです。生きているのかどうかも分からなかったのですが、ようやくその女性らしき方を見つけまして。その方は……俺が探してきた女性で間違いないでしょうか」

「承りました。占ってみます。あなたのお名前と生年月日をお教えください」

男はフレイダ・ラインと名乗った。年齢は二十五歳だそうだ。

そっと目を閉じ、意識を集中させる。ネラの透視能力は、その人の必要な情報も視ることができる。そして瞼の裏に映った内容を告げた。

「ずばり、お探しの方で間違いないようです」

「…………」

彼がぐっと息を飲む気配を感じる。生死も分からなかったとは、どんな相手なのだろう。家族や友人か。それとも――

「お相手は、昔の恋人ですか？」

「いいえ。……違います。恋い慕うことすら畏れ多い、雲の上の存在のような方でした」

そう呟かれた声は切なげで、探していた相手が、とても大切な人だということは分かった。

「でも、慕っていらっしゃるんですね？」

ネラの問いに、彼は力強く頷く。

「――はい。占ってくれてありがとうございました。あの、もうひとつ聞いても？」

「構いませんが」

真剣な表情のフレイダから聞かれたのは、予想外の質問だった。

「ネラさんには、恋人はいらっしゃいますか？」

「は、はい？」

「今、恋人はいらっしゃるのかと……」

一体全体、どうしてそんなことが知りたいのか。恋い慕うことすら畏れ多い、けれどとても大切な相手がいると話したばかりだから、まさか自分に気があるということはないだろう。

自分は誰かにとって雲の上の存在にはなりえない平凡な娘だし、フレイダとは初対面なので、自分が彼の探し人という可能性もない。

「いいえ。先ほどお話しした通り、婚約解消したばかりですので」

「そ、そうですか。では……元婚約者のことは、愛しておいでで？」

意図が読めない追加の質問に、頭が混乱する。

「いいえ。……未練はありません」

「そうなんですね……」

フレイダはネラの答えになぜかほっと安堵している。

いやいや、彼にはずっと探していた想い人がいる訳で、ネラに恋人がいなくて安心するというのはおかしなことだ。

「では次に……」

「ま、まだあるのですか？」

「これで最後です。好きな男性のタイプを教えていただけますか？」

「好きな男性のタイプ」

もうさっぱり訳が分からない。こういうのは好意がある相手に聞くことだろう。その意図は全く分からないが、助けてくれた恩人を無下にできず、ありきたりなことを適当に答えておくことにした。

「一緒にいて楽しい人……でしょうか」

「……実は俺、こう見えて知識や経験が豊富でして。面白いと言っていただくことも多くて、一緒にいて飽きさせない自信があります。あとは、こう見えて相手の気持ちを察するのは得意な方で……」

「は、はぁ……」

突如自分の長所を語り出すフレイダに、ネラの頭に疑問符が複数浮かんだ。

「こう見えて」と言われても、盲目のネラに彼の姿は全く見えていないのだが。それに、本当に面白い人は自分から面白いなんて言わない気がする。とにかくもう——胡散臭さ全開である。

ネラが困惑して怪しげに眉を寄せていたら、フレイダははっと我に返った。

「す、すみません。突然おかしなことを言いました。忘れてください。質問に答えてくださりありがとうございました。参考にします」

「お役に立てたようで幸いです……？　では、これで失礼します」

結局最後まで質問の意図は分からず、別れの挨拶をして彼に背を向けた後、おかしな人だったとネラは首を傾げた。

機会があれば店に来るように誘ったものの、次に会う約束を交わした訳ではない。もう二度と彼に会うことはないかもしれないと思うと、また胸が鈍く痛んだ。フレイダに会って、今日は何度か不可解な感情に苛まれている。

（また……お会いできたらいいのに）

一度親切にしてもらっただけで、果たしてこうも情が芽生えるものだろうか。

目が見えなくなり、婚約解消までされて傷心しているから、きっと人の優しさに弱くなっているのだろう、とネラはひとまず結論付けた。

◇◇◇

家に帰り、だだっ広く長い廊下を歩いていると声を掛けられた。

「あ、お姉様。お帰りなさい」

「……ただいま」

鈴を転がすような甘い声の主は、妹のリリアナだ。亜麻色の髪に同色のくりっとした瞳をしていて、愛嬌がある。しかし、わがままで傲慢な性格をしている。

彼女はつかつかとこちらに歩み寄ってきた。

「ねぇ、悪足掻《わるあが》きは止めてさっさと諦めたら？　お姉様なんてどこも雇ってくれないよ」

「……」

「邪魔だから修道院に入れって言ってるの。分からない？」

気遣いもなしにはっきりと告げられる。昼間はクリストハルトの前だったから猫を被っていたが、彼女は元来こういう性格だ。思い遣りも配慮もなく、人を傷つけることでも平気で口にする。

ネラは彼女にこういうことを言われるのに慣れており、もう怒りが沸き立つことすらなかった。

「働き先は見つかったわ。ちゃんと出ていくから」

「へぇ。お姉様を雇ってくれるなんて、世間には物好きもいるのねぇ。ま、それならいいけど」

リリアナは無断でネラの鞄を漁り、財布を引っ張り出して中身を確認した。

「ふうん。結構あるのね。ねぇ、ちょっとちょうだいよ。明日友だちと遊ぶ約束なの」

ネラが許可を出す前に、リリアナはすでにお金を抜き取っている。

（……友だち、ね）

刹那、ネラは片眉をぴくりと動かし、その後で口を開いた。

「……その相手、深く関わらない方がいいわ。後ろ暗い仕事をしている」

「……！　また勝手に私のこと占ったわね……！」

たまに、意思に反して透視能力が発動してしまうことがある。今さっきも、その友だちがリリアナにとって将来不利益な存在になることを予知したのだ。黙っていたら怒らせずに済むのに、心配の言葉が口をついて出た。

「本当に気をつけた方がいいわ。危ない目に遭うかもしれないから」

リリアナは友だちと浮気をしていた。元々移り気な性格でころころと恋人を替えていた彼女が、ひとりの元に収まるなんて無理だろうとは思っていたが。浮気相手は犯罪まがいなことをして金を稼いでいる。リリアナはその男に心酔してかなり金銭を貢いでいるようだが、そのうち何か――恐ろしい目に遭う。

だが、彼女は聞く耳を持たず、ネラのことを突き飛ばした。

「うるさいわね、余計なお世話よ。お姉様が男に相手にされないからって、あたしのこと妬んでるんでしょ？」

「違う、私はただ心配で――」

「お姉様には関係ないから。ほっといて」

そう吐き捨てて、彼女は去っていった。

ネラは反省した。誰だって心の奥に土足で踏み入られるのは嫌なものだ。他人に踏み入られたくない領域を勝手に覗き見た上に、つい心配して口を挟んでしまった。散々酷い仕打ちをされても放っておけないのは、彼女が一応は腹違いの妹であり、ネラがとことんお人好しで実直だからだ。

「……ごめんなさい、リリアナ」

怒らせてしまったことを反省し、ぽつりと漏らした呟きは静寂に溶けた。


私室に戻り、ソファに腰を沈めて思いに耽《ふけ》った。

ネラは、もともと静かであまり笑わない娘だったので、父にも母にも可愛がられなかった。また、生まれたときから備わっていた透視能力と光る瞳のせいで、気味が悪いと疎まれてきた。

（私は何をしても無価値な存在なのかしら……）

目を開けても閉じても真っ暗なので、気持ちも暗くなっていく。嫌な考えばかりが浮かび上がって、ネラの心を囚えていく。

今までずっと苦労してきたのに、遂には視力を失っただけでなく、家まで追い出されることになってしまった。何をやっても空回るばかり。これからも惨めな日々が続くのだろうか。

不安で頭の中がぐちゃぐちゃになって疲れたのか、ネラはいつの間にか睡魔に襲われていた。


浅い眠りの中で、夢を見た。

荘厳な白いローブを身にまとい、頭にサークレットをつけた女の夢を。

贅《ぜい》を尽くした豪奢《ごうしゃ》な聖堂のバルコニーに彼女はひとりの騎士を付き従えて立っており、民衆が彼女を見上げていた。時おり風が吹いて、女のたおやかな銀髪を揺らす。そして彼女は——ネラと瓜二つの容姿をしていた。

「預言の聖女様！」

「我が教皇領の誇りだ、アストレア様に祝福を！」

聖女の前で人々が頭を垂れ、憧憬を口にする。彼女は無表情で人々を見下ろしており、どこか人間離れした神々しさを放っていた。

しかし、場面が変わった直後。

アストレアを賞賛していた民衆が消え、血の海と化した教会の中、彼女は腹部を剣で貫かれて流血し、白い騎士服を着た男に抱き起こされていた。彼の全身は、アストレアのものなのか、それ以外の者のものか分からない血で汚れている。顔はよく見えないが、その男は泣いていた。

「あなたが眠るまで、お傍にいます。だから安心して、ゆっくりお休みください」

「必ずまた会えるわ。……ごめんね」

アストレアはそう呟き、男の腕の中で息絶えた。

◇◇◇

「また、アストレアの夢……」

ネラは夢から覚め、ソファの上で寝ていたことに気づいた。そっと半身を起こして、額を手で押さえる。

たまに、四代聖女アストレアだった前世の夢を見る。ネラに記憶はないが、夢の中でアストレアの経験を覗き見るのだ。

この辺りは昔、ヴェルシア教皇国という中央集権国家だった。

歴史ある教皇国を治めていたのは、神の啓示によって選ばれる教皇と四人の聖女たちだ。彼らは神に選ばれた証として瞳孔に光の輪が刻まれ、不思議な力を授かる。その中でも聖女は、『守護』『治癒』『浄化』『預言』それぞれの力を賜る。

アストレアは――預言の聖女だった。彼女は過去から未来までどんなことも見透かして、神の言葉を代弁し、民に叡智《えいち》を授けることが役目だった。

しかし、彼女は金銭を受け取って機密情報を他国に漏らし、教皇国への侵攻をそそのかした。だから、『裏切りの聖女』として今も忌み嫌われている。

ネラに透視能力があるのは、前世の力を引き継いだから。預言の聖女は透視能力を得る代わりに、視力を失う。ネラは今世でもその特性を引き継いでしまったのだろう。それならば、能力の覚醒と失明の時期が重なったことにも合点がいく。

何度も何度も、裏切りの聖女アストレアの夢を見る。それは決まって、騎士風のいでたちの男に抱かれて死ぬシーンだった。裏切りの聖女と言われる割に、彼にはとても慕われているようだった。

聖女を含む聖職者たちは、生涯独身でなければならない。恋愛をすることも禁じられていたが、ふたりはどのような関係だったのだろう。あの男の涙は、忠誠心によるものだけなのか、あるいはもっと別な感情からなのか……ネラには分からない。

ソファから起き上がり、家具の場所を手で探りながら寝台に移動する。重い身体を引きずって寝台に滑り込み、枕に顔を埋めて再び目を閉じた。

(……あの男の人は、一体誰なのかしら)


三日後、ネラは家を出ることになった。

荷物はあとで馬車で運んでもらうことになっているので、杖を片手にほぼ身一つで家を出た。

ボワサル子爵家が商機を求めてこの商都リデューエルに移住してきたのは、ネラが生まれて間もないときだった。長いこと暮らしてきた家だが、いい思い出がないためか、寂しさは感じない。

玄関に行くと、リリアナも出かける前だった。

「あれ？　お姉様、今日が出ていく日だったの？」

「ええ」

「ようやくこの家も邪魔者がいなくなって過ごしやすくなるわ。そこ退いて。あたしも出かけるんだから」

「きゃっ――」

リリアナに手で雑に壁側に追いやられる。

彼女はそのまま、つかつかとヒールの靴音を鳴らして去っていった。すれ違いざまに強い香水の匂いが漂ってきた。クリストハルトは香水の匂いが大の苦手だったので、もしかしたら例の浮気相手の男に会いに行くのかもしれない。派手に遊んでいるようで、人から婚約者を奪っておいてどうしようもない人だと、ネラはため息を零した。

◇◇◇

リリアナ・ボワサルは、ボワサル子爵の愛人の子だった。毎月相当な額の生活費と養育費が送られてきていたため、金銭的に困るようなことは一度もなかった。路地裏などにいる私生児の多くはその日食べるものに困ったりすることもあるらしいが、リリアナは毎日美味しいものを食べてすくすくと育った。

愛らしい容姿にも恵まれ、小さなころから会う人会う人に「かわいいね」と褒められた。母からは目に入れても痛くないほど可愛がられ、叱られるようなこともなかった。

「これは娘のネラだ。今日からお前の姉になる」

姉のネラは、神秘的と言えば聞こえはいいが、光る輪が浮かぶ奇妙な瞳をしていた。ボワサル家に引っ越し、父に彼女を紹介されたときのリリアナの第一声はこれだった。

「……変な目。気持ち悪い」

愛らしいと褒められるリリアナに対して、不思議な瞳を持つネラは、奇異の目で見られることも多い。普通とは違う特徴を持っている姉を、リリアナは見下していた。

おまけに彼女は愛想がなく、口数も少ない。可愛げがないのは昔かららしく、父はネラのことを愛おしく思っていないようだった。リリアナは母と仲良しだったので、母が再婚してボワサル家に訪れたときには、父とネラの関係の希薄さに驚いたものだった。それだけではなく、父は彼女の瞳を――恐れていた。


リリアナがネラのなんでも見透かす能力に気づいたのは、ボワサル家に住むようになって、半年ほど経ったころだろうか。

「お姉様って、本当に奇妙な目をしてるよね。その目の光、呪いの力でもあるんじゃない？　ああ、怖い怖い」

「呪いの力はないわ」

呪いの力は、というのは、まるで他の力ならあるかのような言い方で。

「この街の人とかに、絶対にあたしの姉だってことを言わないでね。不気味な瞳を持つ姉がいるって知られたら、あたしまで恥ずかしい思いをしなきゃいけなくなるから」

「…………」

ネラは大人しくて無抵抗なので、度々意地悪を言っては鬱憤《うっぷん》の捌《は》け口《ぐち》にしている。まあ、もう少ししおらしい態度を見せてくれた方がいじめがいがあるのだが。

すると彼女は、サファイアの瞳に浮かぶ金色の輪を――物理的に光らせながらこちらを見据えた。

（は……？　目が光って――）

神秘的な輝きに圧倒されたリリアナは、背筋が粟立つような感覚に襲われる。ネラは冷たい表情のまま、形のいい唇をそっと開いて告げた。

「そうやってこの家のメイドたちにも――ひどいことを言ったの？」

「え……」

実は数日前に、ボワサル子爵邸のメイドたちが何人も辞表を出してきた。その原因は、リリアナと母の嫌がらせだった。気に入らないことがあると恫喝し、同じ場所を何回も掃除し直しさせたり、物を投げつけたり、ひどいときは髪を引っ張ったりしたのだ。ネラや父には気づかれないようにしていたのに、どうして知っているのだろう。

「彼女たちは昔から真面目に働いてくれていた人たちよ。それなのに、物を投げつけたり髪を引っ張るなんてあんまりだわ。心を病むまで追い詰めるなんて……。次に来るメイドたちには決して今回のような仕打ちをしないで」

「どうして……」

「メイドたちには私から謝罪して、慰謝料を支払っておいたわ。こういうことが起これば家の醜聞《しゅうぶん》にも繋がるから、くれぐれも気をつけなさい」

「どうして……知ってるの？　見ても、ないのに」

「……私には視《み》えるのよ」

そのときは彼女の言葉の意味が分からなかったが、父に聞いたら教えてくれた。ネラは生まれつき透視能力があり、過去や未来まで見透かすことができるのだと。そしてその能力は年々強くなっているらしい。あの瞳は、ただ見た目が不気味なだけではなく、本当に気味の悪い力を持っていたのだ。

更にタチが悪いのは、ネラの実直さだ。人に知られたくないことを見透かされているというだけでも不愉快なのに、彼女はいちいち口出ししてきた。

「あのルビーの指輪は、伯爵夫人が亡くなったご主人に最後に贈ってもらった大切な指輪よ。失くしたことでたいそう心を痛めて寝込んでいらっしゃるわ。だからお願い、匿名で送る形でもいいから、返してあげて」

ネラにあるとき廊下で呼び止められたかと思えば、藪《やぶ》から棒にそんな哀願をしてきた。

リリアナの背中に冷たいものが流れる。ネラが言った『あのルビーの指輪』に心当たりがあるからだ。友人の伯爵令嬢にお茶会に招かれ、棚に飾られている美しい指輪に一目惚れしたのだ。どうしても欲しくなり、友人に気づかれないようにそっと手を伸ばして懐にしまった。

（どうして、そんなことまで勝手に視てるのよ……！）

ろくに誰かに叱られたことがないまま生きてきたリリアナにとって、こうして行いを咎《とが》めてくるネラは、嫌悪の対象でしかなかった。

「そんなのっ、お姉様には関係ないでしょ⁉　ほっといてよ！」

怒りに任せたまま、どんっと突き飛ばす。ネラは「きゃっ」と小さく悲鳴を上げながら床に倒れ込んだ。それでも怒りは収まらず、今度はネラの長い銀色の髪を引っ張って金切り声で怒鳴りつける。

「あたしのやることにいちいち口出ししないで！　自分の好きにしていいじゃない！」

髪を引っ張られて痛いはずなのに、ネラは眉ひとつ動かさずにこちらを見上げて言った。

「今まで叱られずに甘やかされてきたみたいだけど、あなたも小さな子どもではないのだから、自分のことを省みるべきよ。自分の言動や行動で、どれほど人を傷つけているか——」

「うるさい！」

屈んだ拍子に、リリアナの服のポケットから大ぶりのルビーが嵌め込まれた例の指輪が落ちて、床にころんと転がる。ネラは指輪を拾い上げ、炯々《けいけい》と光る瞳を向けながら言った。

「……視えてしまえば、放っておけないこともあるわ。これは私が返しておくから」

「………っ」

リリアナは何も言い返せずに、そのまま踵《きびす》を返した。

いかなる悪事も見過ごさない、正義感が強く一本筋が通った性格のネラ。リリアナはそんな彼女が大嫌いだった。

同じ屋根の下で暮らす時間が長くなればなるほど、気味の悪い瞳と力を持つネラのことがいっそう大嫌いになっていった。けれどもリリアナだけではなく、母や父も疎む透視能力を頼ろうとする物好きがいて、時々ボワサル家のサロンには客が集まる。リリアナはいつもその様子を懐疑的に見ていた。

そして、都合のいいことにひと月前に失明したネラに、クリストハルトとともに婚約解消を突きつけてやったのである。クリストハルトは裕福な伯爵家の子息で、頭もよく、紳士的で、見た目も好みだった。ネラから奪ってやるつもりで彼に近づいてみたら、彼はあっさりとリリアナに心変わりした。

相変わらずネラは無表情だったが、家まで追い出されて全く傷ついていないということはないだろう。

本当にいい気味だ。これは、これまでリリアナの気分を害してきたことへの報復。これからひとりでもっと、惨めで辛い目に遭えばいいのだ。

ボワサル家を出たリリアナは軽快な足取りで街を歩いた。街道は、大勢の人たちが行き来していて、活気に満ちている。

(今日はとびきり清々しい気分ね)

ようやく、煩《わずら》わしく思っていた姉を追い出すことができた。子爵家に婿入りするクリストハルトの妻になれて、自分の未来は安泰。なんて気分のいい日なんだろう。

ふんふん、と鼻歌交じりに歩いて向かった先は、噴水広場。石畳の円形の広場の中央に大きな噴水があって、透き通る水が頭上に噴き出している。片隅の木のベンチでは、恋人たちが逢瀬を楽しんでいた。

(ゼン、早く来ないかな)

そわそわしながら、周りを見渡す。

今日は、浮気相手のゼンとデートする日だ。婚約者がいるが、こっそり別の男とも交際している。浮気はいけないことだが、バレなければなんの問題もない。クリストハルトのことも好きだが、生真面目で面白みがないので、たまには刺激が欲しくなる。

ふと、広場の掲示板に人集りができているのが目に留まった。

「また誘拐事件ですって。これで何件目？　物騒よねぇ」

「若くて綺麗な娘ばかり狙われるそうよ。早く被害者と犯人が見つかるといいんだけど」

「自警団じゃ手に負えなくて、王都から——王衛隊が派遣されてるらしいわ」

「あー、それで最近王衛隊の制服着てる人を見かけるのね。早く解決するといいわね。これじゃ怖くておちおち外を出歩けないもの」

不安そうに話している小太りの女を尻目に嘲笑する。

(心配しなくてもあんたは拐《さら》われたりしないわ)

誘拐犯が美しい娘だけを狙うなら、あんな醜女《しこめ》を選ぶことはないだろう。リリアナはひっそりと意地悪くそんなことを思った。

（狙われるのはたぶん、お姉様みたいな人）

脳裏を過ぎったのは、姉ネラの姿だった。

絹糸のように艶やかで、真っ直ぐ伸びた銀の髪。筋の通った鼻梁《びりょう》に小ぶりな唇。なめらかな乳白色の肌……

口にはしないが、奇妙な瞳を除けば到底太刀打ちできないネラの完璧な美貌に、リリアナは嫉妬していた。だから彼女が全盲になり、婚約者を奪ってやったときは、よりいっそういい気分だった。

最近、この都市で誘拐事件が多発している。いや、この都市だけではない。あちこちで若く美しい娘だけがある日突然失踪し、ひとりも帰ってきていない。警察の捜査は難航していて、未だに手がかりひとつ掴めていないそうだ。

（王衛隊のエリート騎士かぁ。ちょっと興味あるかも）

リリアナは権力や地位のある男が好物だ。王衛隊は王国きってのエリート集団なので、彼らが派遣されるということは、この事件はよほど根が深い問題が絡んでいるのかもしれない。

「リリアナ、待たせたな」

軽薄な笑顔を浮かべたゼンがやってきた。口調も態度も粗野だが、ちょっぴり危ない雰囲気のあるところが好みだ。

「ううんっ、あたしも今ちょうど来たところだから。早く行こう？」

スカートをふわりと揺らしながら駆け寄ると、ゼンは掲示板の人集りを一瞥《いちべつ》し、「なんの騒ぎだ？」と尋ねてきた。

「あー、なんか最近話題の誘拐事件の記事みたい。またひとり失踪したとかで」

「…………」

ゼンの腕にぎゅうと抱きつき、リリアナは頬を擦り寄せた。

「あたし、すっごく怖ぁい。ゼンが守ってくれる？」

猫撫で声で甘える。返事が返ってこないので顔を上げると、彼は怖い顔をして掲示板を凝視していた。

（すごい怖い顔……）

「ゼン？　どうしたの？」

「いや、悪い。なんでもねーよ。お前のことは俺が守ってやるから安心しろ」

「ふふ。ゼンったら」

ゼンがすぐにいつもの表情に戻ったのを確認し、先ほど見た怖い顔は気のせいだったと思うことにした。


『……その相手、深く関わらない方がいいわ。後ろ暗い仕事をしている』

だがその瞬間、ネラの言葉が頭の中に響く。

この浮気の件もそうだが、以前リリアナが友人宅で指輪を盗んだことも、リリアナと母がメイドたちを虐めて辞職に追い込んだことも、ネラはなんでも見透かし口出ししてきた。気味の悪い瞳をきらりと光らせて。けれど、忠告を聞くつもりなんて――さらさらない。

（さようなら、お姉様。その辺で野垂れ死にでもすればいいのに）

リリアナとゼンは、街の雑踏の中に消えていった。

二章　エリート騎士が常連客になりました

ネラがバー・ラグールで雇われ占い師になり、一ヶ月が経った。

その間、昔からネラの元に通っていた依頼者たちが、バーで働くことになったのをどこからか聞きつけてきて、予約が殺到した。そして失せ物探しから、恋愛に病、仕事の悩みまでなんでもズバリな回答を与えるネラは、またたく間に人気占い師になったのである。

店主のメリアには、「あんたのおかげで売上が大幅に上がった」と喜ばれた。

しかし、人気になるということは、それだけ厄介な客が増えるということでもある。

「私……あの人に奥さんと子どもがいるって分かっていても、諦められないの。私の恋が叶うかどうか、教えていただきたいわ」

「かしこまりました。少々お待ちを」

今は本日四人目の依頼者キャサリンの占い中だ。相談内容を頭の中で反芻する。

（既婚者の子持ち男性が、自分の元に来てくれるかどうか……と。これはまた難儀な）

実際、不倫関係や浮気の相談事はかなり多い。妻と子どもが可哀想だとか、もっと他の相手がいるのではないかとか、色々と思うところがあっても、個人の意思は介入せずに公正に占うようにしている。

「では、透視を開始いたします」

一瞬で空気が引き締まる。祈るように手を合わせる銀髪の美女の姿は、暗い夜に浮かぶ月のように艶麗《えんれい》だ。そのとき、瞳に浮かぶ金色の輪が炯々《けいけい》と光を放つ。

ネラの真骨頂は、カード占いでも星占いでも手相占いでもない。道具は一切用いず、その瞳で――全てを見透かすことだ。

「結果が出ました。視えたままを率直にお伝えさせていただきますが、よろしいでしょうか」

「はい……よろしくお願いします」

「あくまで占いですので、当たるも八卦《はっけ》当たらぬも八卦《はっけ》……参考程度にお考えください」

ネラは機械的に視たものを口にした。

「お相手の方には、現在あなたの他に四人の不倫相手がいます。確かにあなたに愛情はありますが、奥様とお子さんを捨ててあなたを選ぶという意思は……ないようです。この恋が叶う可能性は、残念ですが限りなく低いと思われます」

「――嘘よっ！」

キャサリンがテーブルを叩く。

「そんなの嘘よ。ほ、他に、四人も女がいるですって……!?　アルベルト様は、私だけを愛してるっておっしゃったもの。奥さんと話をつけて私のところに来るって……。ネラさん、あなた、不倫がいけないことだからそうやって適当なことを言っているんじゃありませんの？」

またか、とネラは肩を竦めた。

前置きはした。あくまで参考程度に考えてほしい、と。勝手に期待して、望み通りの答えでなかったからと責められたら、たまったものではない。それに、決して適当なことを言っているのではない。アルベルトという相手の男が、全くその気がないのに結婚をほのめかし、キャサリンを遊び相手として維持しようとしている魂胆が見え透いているのである。

「これを信じるかどうかも、今後どのようになさるか決めるのも、キャサリン様次第です」

「……」

キャサリンは押し黙ってしまった。ネラは盲目なので、彼女が今どんな表情をしているかは見えないが、怒りの感情が空気からひしひしと伝わる。

――バシャッ。

「…………っ」

その刹那、キャサリンがグラスの水をネラにぶっかけた。ぽたぽたと液体が髪の毛から滴り落ち、白いブラウスが濡れてネラの柔肌に張り付く。そして彼女は、金切り声で怒鳴りつけたのである。

「あなた、人の心がないんじゃないの？　よくもまぁひどいことが言えたものね。その能力が本物なのかも疑わしいわ！」

「……申し訳ございません」

「何よこの詐欺師！　絶対信じないんだから！」

キャサリンは捨て台詞を吐いて店を出ていった。

（初対面の相手に飲み物をかける人には、人の心があるのかしら）

存外、ネラは根に持つタイプだ。

たとえ占いの結果がよかろうと悪かろうとはっきり伝えるため、怒りを買うこともたまにある。けれど、同情して慰めの嘘を口にしてしまったら、正しい未来へ進むための判断を鈍らせてしまうだろう。感情に左右されずに、正直に伝えるのがネラのやり方だ。

「……詐欺師、か」

占いに限らず、仕事をしていれば揉め事は付き物だろう。それにしてもひどい言われようだったと心の中で自嘲する。

「――俺のハンカチをお使いください。ネラさん」

濡れた顔を袖で拭っていると、男がハンカチを差し出してきた。目の見えないネラがハンカチを受け取り損ねていると、親切に手に握らせてくれる。

この声には聞き覚えがあった。優しくて、清涼水のような爽やかな男の人の声。しばらく前に道端で困っていたネラを助けてくれた――エリート騎士の声だ。

「ありがとうございます」

男はキャサリンが座っていた椅子を引いて腰を下ろした。

「災難でしたね、さっきの」

「……平気です」

借りたハンカチで服を拭いていると、男が言った。

「お待ちしておりました。フレイダ様、ですよね」

「正解。よく分かりましたね。今日はよろしくお願いします」

「ご無沙汰しています。こちらこそ」

今日はなんと、フレイダの予約が入っていたのだ。道端で親切にしてもらってから、一ヶ月ぶりの再会だ。間が空いているが、彼の声は耳に残っていたのですぐ分かった。

「洋服が濡れていては風邪を引いてしまいます。お待ちしているので、着替えてきてはいかがでしょうか」

「少ししか濡れていないので平気です。すぐに乾きます」

「ではせめて……これを羽織ってください。その……目のやり場に困ってしまうので」

フレイダは自分のジャケットを脱いで、ネラに羽織らせた。濡れたのがちょうど胸元だったため、透けたブラウスが胸の質感を生々しく浮かび上がらせている。フレイダは視線をさまよわせながら、こほんと咳払いをした。

「お見苦しいものを見せてしまい、申し訳ありません」

決まり悪く謝罪を口にすると、フレイダはいたたまれなさそうに押し黙った。

「ご依頼内容は？」

気を改めてそう尋ねると、彼は真剣な様子で言った。

「占いではなく、あなたにお会いしたくて来ました」

「え……」

「ネラさん、あなたが好きです」

一瞬、時間が止まったような感覚がして、ネラはぴしゃりと固まった。

依頼内容を確認したはずが、とてつもなく衝撃的なことを告げられた気がする。

「すみませんよく聞こえなかったのでもう一度言っていただけますか」

「あなたに一目惚れしました」

「ひとめぼれ」

彼が言ったことを復唱するが、今ひとつ理解が追いつかない。

「驚かせてしまってすみません」

自分は子爵家を追い出された、なんの後ろ盾もないただの占い師。かたやフレイダは王衛隊のエリート騎士だ。そんな格上の相手から、しかもたった一度しか会ったことがないのに、突然惚れたなどと言われても困ってしまう。

それにネラは、恋愛経験も告白されたこともしたことも一度もない。こういうときにどう対応していいのか分からなかった。

「すぐにお返事を求めたりはしません。……あなたが嫌がることはしないと約束します。ですから占いの時間、占いではなく、俺とお喋りしてくれませんか？　俺のことを少しでも知っていただきたいんです」

びっくりはしたものの、不思議と嫌という気持ちはなかった。それどころか、この人と話してみたいと思っている自分がいた。

占いの料金はしっかりと払ってもらっている。であれば、その時間をどう使おうと彼の自由だ。

ネラは遠慮がちに小さく頷いた。

「いいですよ」

「はいお話しま——って、え」

フレイダは顔を上げて目を瞬かせる。

「付き合ってくださるんですか……？」

断られると予想していたのか、驚いている様子だ。ネラからすると、特に断る理由はなかった。

ただ、自分と話したところで彼が満足できるという保証はない。自分は取り立てて褒めるようなところもなく、唯一の取り柄があるとすれば占いくらいだから。

「私は面白みのない人間なので、話をしてもつまらないかもしれませんが」

「そ、そのようなことはありません……！　ネラさんと言葉を交わせるだけで天にも昇るような……畏れ多くも光栄な気持ちなんです。今なら暗殺でも国家転覆でも何でもできそうです……！」

「それ逆賊です。お巡りさんが言っては駄目です」

それからフレイダは、軽く自己紹介をしてくれた。彼は上流階級から選ばれるエリート集団王衛隊に所属している。良家の出だろうと予想はしていたが、侯爵位を継いでいるという。更に、王衛隊では一番隊隊長を務めており、普段は王を護衛しているとか。言わずもがな超エリートだ。

そして、ここ商都リデューエルに来たのは——王命によって。頻発する誘拐事件のことを国王はとても憂いており、その憂いを晴らすため、遣わされたという訳だ。

リデューエルの自警団は素人の地元民で構成されているため、調査は難航していた。フレイダと部下たちは、自警団に協力して事件の真相解明に当たっている。

連続誘拐事件については、ネラも何度か耳にしている。なんでも、見た目のいい若い娘ばかりが連れ去られているとか――

「ネラさんも、狙われないように気をつけてください。とてもお綺麗ですから」

「そのようなことは……」

さらりと賛辞を口にされて、気恥ずかしくなる。社交辞令だと分かっていても、慣れていなければ反応に困ってしまうものだ。

「謙遜なさらないでください。俺が犯人であれば確実に誘拐していたかと」

「それもお巡りさんが言っては駄目です」

顎に手を添えて至って真剣に呟くフレイダに、ネラは呆れ混じりに返す。

「……まだ、犯人の目星はついていないのですか？」

「残念ながら。そもそも、女性たちの失踪が事件だと断定できていない状態でして」

「なるほど」

透視に長けた自分なら少しは力になれるかもしれない。そう思って提案する。

「占ってみましょうか？」

「そのようなことができるのですか？」

「やってみなければ分かりませんが。少しお待ちください」

目を閉じて、意識を研ぎ澄ませる。

少しずつ瞼に浮かび上がってくる映像。そして、身体中にぞわぞわと走る悪寒……

一方のフレイダはネラの煌めく瞳に魅入っており、その神々しさにぐっと喉を上下させた。

「失踪した女性たちは同じ事件に巻き込まれています。どうも、一ヶ所に集められているようです。手首に手錠が着けられていて……何か、ステージのようなところに連れていかれている様子が視えます」

半円状の客席に座る人たちが口々に何かを言っている。舞台の上で見世物のように晒された女は、恐怖に涙を浮かべている。

「それは——オークション、のようなものでしょうか？」

フレイダに指摘されて改めて映像を見ると、確かにオークションのようだ。客席で喋っている人たちは手に札を持っており、金額を提示して入札していることが推測できる。

「恐らくそうかと……」

ぞくりと背筋に冷たい感覚が走る。

（まさか、この街で人身売買だなんて……）

更に意識を集中すると、人だけでなく、武器や盗品、違法薬物など普通は流通しない珍品が売買されている様子が視える。

「我々王衛隊も人身売買の可能性は頭に置いていましたが……やはり、ただの誘拐事件ではなさそうですね。ちなみに、場所を特定することは可能ですか？」

人間を品物として商売が行われている事実にネラは震撼していたが、フレイダは動じていない。王家直属の騎士は、きっと数々の修羅場をくぐって肝が据わっているのだろう。

「やってみます」

しかし、ピンポイントで場所を特定することはできなかった。ぼんやりと視えてきた手がかりを説明する。

「すみません。場所までは分かりませんでした。でもかなり大きな施設のようです。普段は一般市民も利用しているのが視えます」

「大学の講堂やコンサートホール、といった感じでしょうか」

「はい」

「……となると、絞られてきますね。それはこの商都内部ですか？　それとも他の都市ですか？」

「少しお待ちください。視てみます」

その後も、ふたりは事件のことで問答を繰り返した。フレイダはすっかり仕事モードで、メモを取りながら占いを真剣に聞いており、自分がネラに求愛しにきたことは忘れているようだった。

「ご協力ありがとうございます」

「とんでもありません。一刻も早く、被害者がご家族の元に帰られることを願っています」

「一応、この件については他言無用でお願いします」

「分かりました」

まもなく、従業員が占いの時間終了を告げに来て、フレイダははっとした。

「仕事に来たつもりではなかったんですが。つい事件の話ばかりしてしまいました」

ネラを楽しませられなかったとフレイダは肩を落とす。

そういえば初めて会ったとき、『一緒にいて楽しい人』がタイプだと適当に答えたのだった。

もしかしたら、彼なりに自分のことを楽しませようと意気込んで店に来てくれたのかもしれない。

そう考えると、彼のことがいじらしく思えてきた。

目が見えないのに、彼の頭に生えた犬の耳がしゅんと頼りなく下がっている姿が思い浮かぶ。

「……でしたら、次にいらしたときは違うお話をしましょう」

「え……また伺ってもよろしいのですか？」

うっかり「次に」なんて口にしてしまったが、彼から歓喜の感情が伝わってきて、取り消しづらくなってしまった。頼りなく垂れ下がった犬の耳は元気を取り戻し、尻尾まで揺れている姿が見えた気がする。

フレイダはほっと安堵して息を吐いた。

「実はずっと緊張しっぱなしで……。迷惑に思われていたらどうしようかって思っていたんです」

「まぁ。緊張されているようには思いませんでした」

「しますよ。だって、好きな人とこうして話せているんですから」

(すきなひと)

緊張するという割に、無自覚なのか、こういうことを恥ずかしげもなくさらっと言ってしまうから怖い人だ。

「これでもかなり舞い上がってるんですよ」

声から嬉しさが全開だ。自分と話せることの何がそんなに嬉しいのだろうか。こんなにあけすけに好意を示されると、こちらがこそばゆくて落ちつかない気分になる。

(でも確か、フレイダ様には会いたい女性がいらっしゃったわよね)

初めて会ったとき、探している女性がいると言っていた。彼にとっては雲の上のような存在で、特別な想いを寄せているようだったが、その人とはどうなったのだろうか。

「お気持ちは嬉しいです。でも……私はまだ、婚約者と別れたばかりで恋愛は考えられなくて」

好きだと言ってくれるのは嬉しいが、婚約者から別れを告げられ、家を追われたことがすっかりトラウマになっていた。まるでネラは無価値だとレッテルを貼られたようで。

そっと自分の瞼に指を伸ばす。

気味が悪いと言われる瞳と力を持つ自分では、この人の足でまといになってしまうのではないか。

そんな恐怖心と不安が、ネラの弱った心を絶え間なくつついてくる。

(私は……この方にふさわしくない)

フレイダのような魅力的な人なら、すぐにいい相手が見つかるだろう。だから自分のために時間を無駄にしてほしくない。

「振り向いてくださらなくても構いません。お会いしてただ話ができたらそれだけで、俺は心が満たされるんです。ですから……またお店に客として来てもいいですか?」

「…………」

どうしてそこまで自分を気に入っているのか、ネラには理解できなかった。ただ、真っ直ぐな声から切実さがまざまざと伝わってくる。

本当は、もうここに来ないでほしいと断るつもりだった。……なのに。

（お店に通ってもらうくらい、いいわよね）

なぜか彼の願いを拒むことができなかった。おねだりする可愛い子どものわがままについつい答えてしまう母親のような心持ちで頷き、小さく微笑む。

「分かりました。次のご来店をお待ちしております」

フレイダは嬉しそうに礼を言い、「また来ます」と言葉を残して帰っていった。

この連続誘拐事件が解決したら、彼は王都に戻るだろう。きっとそのころには、自分への興味も薄れているはず。だから、彼とはそれまでの短い付き合いになるはずだと、ネラは自分に言い聞かせた。


フレイダが帰った後、気まぐれに事件がいつ解決するか占ってみることにした。目を閉じて、視えてくる映像に意識を研ぎ澄ませる。すると——

（あら？　どうしてクリストハルト様が……？）

なぜか、元婚約者の姿が目の前に鮮明に視えた。クリストハルトのことを、誘拐された女たちが怯えた表情で見ている、奇妙な映像だった。

きっと疲れていて能力が鈍ったのだろう。
ネラはそう思い、透視するのを止めた。

◇◇◇

それからフレイダは、週に一度のペースで店に通ってくるようになった。勤め先を選ぶ際に透視で見た客の男は恐らく——フレイダだったのだろう。

だが彼は占い目的ではなく、ネラとたわいもない話をするためだけにやってきた。好きな食べ物に季節、趣味の話など、本当に取るに足らない内容ばかり。

ネラにとってもフレイダと話す時間が楽しみになっていた。一生懸命自分を楽しませようとしているところがいじらしくて。

今日は、王衛隊の部下カイセルの話を聞かせてくれていた。剣の実力は優秀だが、なかなか癖のある青年で、かなり手を焼いているようだ。つい先日、彼は余所見をしていて団長の足を踏んだ上、「そんなとこに足がある方が悪い」と答えて一悶着あったらしい。

「まぁ。それで処断されたのですか？」

「団長の温情により二週間の謹慎処分で済みました。しかし部屋から十回も脱出を試み、反省文には『反省文』という文字を紙にいっぱい書いて出してくる始末で……」

「ふ。それだけ肝が据わっていらっしゃったら、そのお仕事に向いていますよ」

「笑い事じゃないですよ」

すっかり話に夢中になっていたそのとき。

ぐう、とネラのお腹の音が鳴った。そういえば、今日は夕食を食べずにシフトに入ってしまったのだったと思い出し、顔が熱くなって俯く。

「……すみません」

「お腹が空いていらっしゃるなら、何か注文しましょうか？」

「お構いなく。……目が見えなくなってから、人前では食べないようにしているんです」

食べ物の位置を視覚で定められないせいで、うまく食べられなくなってしまったから。

普段は、メリアが作ってくれた食事を、主食も副食も全て同じお皿に盛り付けて、スプーンで探りながら食べている。手は汚れてしまうし、皿の外に零しても気づけない。

とても、今までのように外で誰かと食事が取れるような状態ではないのだ。フレイダにも、あちこち汚しながら食べる行儀の悪い姿は見せたくない。

「では、ネラさんが食べられるように俺がお手伝いする、というのはどうでしょう」

「そ、そこまでしてもらう訳には」

「気にしないでください、俺が好きでしたいんです。あ、季節限定のスフレパンケーキが人気みたいですよ」

女性客が多いバー・ラグールでは、季節ごとにスイーツメニューを用意している。今回のパンケーキは、メレンゲを使ったふわふわの生地に、バナナとナッツ、蜂蜜がふんだんにトッピングされているとか。

悩んでいる間も、お腹が音を立てて空腹を訴えてきて、断るべきだと思っていても食欲には抗えなかった。

「……お言葉に甘えて」

「はい」

フレイダはくす、と小さく笑い、従業員を呼んで注文した。これまで誰かに頼ることをしてこなかったが、彼にはつい甘えてしまう。

まもなくスフレパンケーキが運ばれてきた。フレイダはそれを一口大に切り分けて、ネラの前に出してくれる。フォークでひと切れ口に入れると、甘い生地が口の中で蕩け、舌に馴染んだ。

食事が単なる作業と化してから、スイーツなどめっきり食べていなかったので、感動してしまう。

「美味しい……」

ネラがきらきらと目を輝かせると、フレイダはまた頬を緩めた。

「ふふ、よかったですね」

「甘いものを食べたのは久しぶりです。ありがとうございます」

「いえ。むしろこちらこそありがとうございます」

「あの……それはどういう？」

手伝ってもらったのはネラの方で、お礼を言われるような覚えはない。

首を傾げていると、フレイダは平然と答えた。

「ネラさんが美味しそうに召し上がっている姿が見られて、言葉にできないほど幸せだということです」

「随分と……安上がりな幸せですね」

……などと言って恥ずかしさを誤魔化し、ネラは顔を逸らした。

彼はどんな顔をして、こちらを見ているのだろうか。話しかけてくる声は優しくて甘いけれど、同じように表情も甘いのだろうか。彼と顔を合わせて話ができたら、もっと楽しいだろう。

そんなことをふと思った。

「ご馳走様でした」

ゆっくり時間をかけて完食し、フォークを置いて両手を合わせる。

「まだひと口残っていますよ」

「本当ですか？　見えなくて」

フォークでつついて皿の上で探ってみるが、うまく見つけられない。

するとフレイダは、「貸してください」と言ってフォークを取り上げ、代わりにひと口を差し向けてくる。

「どうぞ」

（これって……）

俗に言う、「あーん」というやつだ。仲のいい恋人同士がパンケーキを食べさせ合っている様子が思い浮かんだが、すかさず、脳内で手を振ってその絵を拭い去る。

（いやいや、これはあくまで介助。他意はない……はず）

恐縮しつつそっと口を開くと、フレイダは丁寧な手つきで最後のひと切れを口に入れてくれた。

「はい、ご馳走様。あ、口にクリームが」

指が伸びてきて、さりげなく唇のクリームを拭われる。彼からしてみたら、子どもの世話を焼くような感覚なのかもしれないが、変に意識してしまって顔が熱い。

「フレイダ様は……天然たらしだと言われませんか？」

恐らく彼は、無自覚で女性の心を掴んでしまうタイプだ。恥ずかしくなるような褒め言葉をためらいなく言うし、スマートな気遣いをごく自然にする。これは相当モテるだろう。

メリアいわく、この人は容姿まで美しいらしいし、そこに身分まで高いとなれば非の打ち所がない。多くの女性たちが彼に色目を使ってきたことが容易に想像できる。

「それはつまり、ネラさんにとって俺が異性として魅力的に見えると解釈していいのでしょうか」

「……そ、それは……」

「はは、冗談ですよ。そこまで自惚れるつもりはありません」

フレイダは頬杖を突いて言った。

「天然たらしと言われたことはありませんね。それに俺は、誰彼構わず優しくできるほど善人ではありません。親切にするのはネラさんだけです。――あなたが好きだから」

そして、余裕たっぷりに微笑む。

「ああ、でも。――ネラさんにたらし込まれるなら、悪くないかも」

「……」

　この人は、天然たらしなんかじゃない。魔性の男だ。彼のせいで時々心臓が言うことを聞いてくれなくなるし、手のひらの上で転がされているような気分にもなる。こういう相手は、一度ペースに飲み込まれたらおしまいだ。

「お戯《たわむ》れを」

　フレイダのペースに飲まれないように、さっと受け流す。

　好意を全面に出され続けて、最初のころは戸惑うばかりだったが、最近は胸の奥に以前とは違う甘い痺れを感じる。

（胸が……どきどきする）

　彼は、気味の悪い光る瞳を持ち、無愛想で取り柄のない女のどこに惚れたというのだろう。

「……フレイダ様は、どうして私を気に入ってくださったのですか？」

　そうですね……と顎に手を添えて、フレイダはしばらく思案する。

「おこがましいことかもしれませんが、守って差しあげたいと思ったんです。道であなたをお見かけしたときから」

「私は……家族にすら捨てられた身です。普通とは違う目をしている上に、なんの後ろ盾もなく、占い以外に取り柄もございません。だから、フレイダ様にふさわしく……ないと思います」

「そんな風に思わないで」

　一も二もなく返される。

「俺が愛おしく思うあなたを、あなたが否定しないでください。ネラさんのことが好きです。どんな過去があっても関係ありません。俺が勝手に好きでいるんですから、あなたが負い目を感じる必要はないんですよ。ネラさんが沢山心に傷を抱えていることは理解しています。俺にはどうか、遠慮せずに甘えてください」

そう囁くフレイダの声はとても優しくて、悩みや悲しみも丸ごと全部受け入れてくれるような包容力があった。守りたいと言ってもらえたのも初めてのことで、鼻の奥がつんと痛くなる。

ネラは昔からひとりで全てを抱え込んで、誰かに助けてもらおうと思ったこともなかった。だから、手を差し伸べようとしていることがすごく嬉しい。

「ありがとうございます」

小さく微笑みを向けると、彼が付け足した。

「そのたまに笑ったときの顔もすごく好きです。畏れ多くも……その、抱き締めたくなります」

「！」

彼に抱き締められることを想像して、また心臓の音が騒がしくなる。

他方、フレイダは自分の言ったことがどれだけ威力を発揮しているのか知らず、なんでもないことのようにさっと切り替えた。

「今日も楽しかったです。また……来てもよろしいですか？」

もう占いが終わる時間のようだ。あっという間だった。

彼が会いに来るのは占いの時だけで、プライベートで誘われたことはない。そして帰り際、どこか不安そうに「また会いに来てもいいか」ときわめて遠慮がちにお伺いを立ててくるのだ。

「あの……フレイダ様」

「はい」

スカートの上で拳を握り締め、思い切って本音を言ってみる。

「会いに来られるのは、占いのときだけですか？」

「……！」

これが、彼のことをもっと知りたいと思っているネラの精一杯の誘いだ。フレイダは、ネラの意図を汲み、可愛いおねだりにふっと笑みを零した。

「近ごろ人気のオペラがあります。クラシックがお好きだとおっしゃっていましたよね。よろしければ一緒にどうですか？」

「ぜひ、行きたいです」

「ありがとうございます。予約をしておくので、ご都合のよい日を教えてください」

オペラなら、目が見えなくても耳で楽しむことができる。ホールで音楽を聴くのは随分と久しぶりのことでわくわくした。

二週間後の週末にオペラに行く約束をして、フレイダは帰っていった。

(フレイダ様と……デートの約束)

もしかしたら自分は、あの魔性の男の罠にまんまとはまってしまったのかもしれない。けれど、悪い気はしなかった。

◇◇◇

フレイダ・ラインが前世の記憶を思い出したのは、十八歳になったころだった。フレイダは格式高い騎士家系ライン侯爵家の嫡男として生まれた。厳格な父親と心優しい母親から愛情を注がれ、反抗するようなこともなくまっすぐに成長した。

将来侯爵家を継ぐ者として、勉学に励み、剣術や馬術、経営学など幅広い素養を身につけた。色恋沙汰とは無縁で禁欲的、同じ年ごろの男たちに混ざって享楽に耽《ふけ》るようなことはなかった。生真面目な性格は恐らく父親に似たのだろうが、友人はそんなフレイダのことを、面白みがないだの堅物だのとからかったりする。

フレイダは自分の興味が湧いたり心が揺さぶられるような何かに出会うこともなく、淡々と日々を送っていた。刺激はなくとも不満足ということもなく、それなりに満たされてはいた。

しかし――何かが足りない。フレイダは生きる目的を見つけていなかった。他の多くの若者が語るような夢や目標もなく、恋人もおらず、ただ毎日を消費していくだけ。そして、何かをずっと探しているような気がしていた。

十五歳で王衛隊に入り、十八歳という異例の若さで一番隊副隊長に就任すると、周りから羨望の眼差しを向けられることになった。特に女性たちがフレイダを見る目には、憧憬が含まれていた。

「フレイダ様……わたくしと一緒にあちらでお話しませんか？」

「王衛隊での功績、いつも聞き及んでおります。ある園遊会でひと目見たときから、こうしてお話する日をずっと夢に見て参りました」

「わたくしもようやく結婚適齢期になりました。フレイダ様はまだ未婚とお聞きしております。わたくしの家柄はライン侯爵家と遜色ありません。ですから縁談を――」

忘れもしない、王妃の誕生パーティの日。

フレイダは広間に着いて早々、大勢の令嬢たちに囲まれていた。容姿も能力も、家柄も、非の打ちどころのないフレイダは、未婚の令嬢たちからこうして言い寄られることが多い。時には、すでに家庭に入っている夫人から、愛人にしてくれとせがまれることも。

しかし、フレイダはいかなる女性にも心惹かれることがなく、全ての誘いを断ってきた。社交界ではフレイダについて、女嫌いだとか、実は不能だとか男色だとか、あれこれと噂されている。フレイダ自身も、もしかしたら自分は本当に、女性を愛することができないのかもしれないと思うことさえあった。

フレイダは女性たちに声をかけられるのを煩《わずら》わしく思いつつも、誰かと結婚して身を固めるという気にもなれずにいた。

「申し訳ありません。今は仕事に集中したいので、女性と付き合うつもりはありません」

曖昧に濁して期待させるより、きっぱりと拒絶する方をフレイダは選んだ。

「「そうですか……」」

女性たちはしょんぼりと肩を落としながら、フレイダの元を去っていった。哀愁漂う女性たちの後ろ姿を見送ることにも随分と慣れたものだ。

（俺は本当に——誰も愛することはできないのかもしれない）

そんなフレイダの様子を見兼ねた気の置けない友人のひとりが歩み寄り、ぽんと肩に手を置く。

「そんな浮かない顔をしてどうしたんだい、色男。今日も随分と人気者じゃないか」

「………俺は男が好きなのかもしれない」

「はあ？　何を藪《やぶ》から棒に……ま、まさか、俺のことを愛してるとか言わないだろうね!?　勘弁してくれ、悪いが結婚したばかりなんだ」

まるで、結婚したてでなければ満更でもないような言い方である。

「冗談だ。お前となんてこっちから願い下げだ。だが、俺に結婚は縁遠いだろうな」

男色だと噂され、時々自分でもそうなのではないか、と本気で疑いそうになるのは事実だ。だが、ライン侯爵家の当主として、いつかは誰かを妻に迎えて後継ぎを設けなければいけない。結婚も家督を守っていくための重要な務めのひとつではあるが、特定の誰かと結婚する姿が全く想像もつかないのだ。

ライン侯爵家は領地の運営に問題がなく、高位貴族の令嬢と結婚して勢力を拡大しようという野心もない。だからこそ両親はフレイダに恋愛結婚を切望しているが、その願いを叶えてやることはできないだろう。

すると友人は、ふっと笑った。

「君は不能でも男色でもないさ。まだ愛するべき相手に出会っていないだけで」

「出会っていないだけ……？」

「そう。人にはタイミングってものがある。出会いたいと思ったときに出会うものだよ。なに、心配することはない。長らく仕事ばっかりの君がそういうことに興味を持ち始めたなら、それで十分だ。出会いのタイミングが近づいてきている証しさ」

「………」

フレイダはわずかに目を見張る。

「むしろ、君は冷めてるように見えて、意外と好きになったら人より熱くなるタイプに見えるよ」

「分かったようなことを言うな――」

誰かを深く愛する自分なんて、なおさら想像がつかない。

だが、友人に軽く言い返そうとした刹那――

「うっ……」

強い頭痛とともに、頭の中に膨大な記憶が流れ始める。

それは前世で、ミハイルという名前の男だったときの記憶だ。今は滅びたヴェルシア教皇国の司教枢機卿《すうききょう》兼、あらゆるものを見透かす預言の聖女アストレアの護衛役を務めていた。

アストレアは美しく崇高な人で、身の程知らずだと知っていながら――密かに恋心を寄せていた。

しかし、彼女は無実なのに『裏切りの聖女』という汚名を被った上にフレイダを庇って死んだ。

死の間際に「いつかまた会える」と言い残して。

（どうして、今まで忘れていたんだ？　こんなにも愛おしく大切なお方のことを……）

この世界に存在する人間の中で、最も気高く、尊敬すべき相手。

たとえこの身が裂けたとしても、命にかえて守るべきはずだった相手。

ひと息吐く度に、恋心を募らせ、焦がれてきた相手。

空っぽだったはずの心に、海よりも深く、どんな炎よりも苛烈《かれつ》な思慕が湧き上がる。湧き上がるというより、取り戻したという方が正確かもしれない。

彼女を失った瞬間の苦しみ、彼女を守りきれなかったことへの悔しさ、彼女の喪失を抱えながら生きなければならなかった寂しさ。

愛情と同時に辛かった気持ちまで波のように込み上げてきて、くらくらと目眩がした。

「大丈夫かい⁉　しっかりしろ！」

「フレイダ様がお倒れになったわ！　誰か医者を……っ！」

「フレイダ様、どこが悪いのですか⁉」

その場にうずくまり、額に脂汗を浮かべながら苦しむフレイダに、広間が騒ぎになる。女性たちはここぞとばかりにフレイダの元に駆け寄って、甲斐甲斐しく世話を焼こうとした。

しかし、友人や女性たちの呼びかけなどフレイダの耳には全く入ってこなかった。

フレイダの頭にあるのは、裏切り者として殺された悲劇の聖女であり、かつての主人――アストレアのことだけ。令嬢のひとりが身につけているサファイアの指輪を見て、両目に神秘的な金の輪が浮かぶアストレアのサファイアの瞳を重ねた。

「うっ……ふ……」

「お、おい君……まさか、泣いているのかい？」

フレイダは人目もはばからずにほろりと涙を流した。普段は澄ました顔をして冷静沈着なフレイダが、鼻をすすり、嗚咽を漏らしながら泣く姿に、周囲は困惑する。

（お会いしたい、アストレア聖下にもう一度、ひと目でいいから、お会いしたい……っ）

どうしてまた、こんなにも身が裂けるほど苦しい喪失を抱えながら、長い人生を生き直さなければいけないのだろう。アストレアがいない世界に、生きる意義などないのに。どうして生まれ変わったのは自分なのだろう。若くして死んだアストレアの方こそ、生きたかった未来があったはずなのに。

（もう俺には耐えられません。あなたのいない世界で生きていくことなんて……とても。俺はあとどれだけ待てばよろしいのですか、聖下……！）

途方もない絶望感に、フレイダは子どものように泣くことしかできなかった。

◇◇◇

王衛隊の屯所にて。

ネラとオペラに行く約束をした翌日、フレイダは浮き足立っているところを部下のカイセルに茶化された。

「隊長~なんか今日いつもより機嫌よくないですか？　さてはまた、例の占いに行ったっすね。占いなんてあてになりませんよ。あーいうのって確か、バナナ効果って言うんす」

占いなどで、誰にでも当てはまることを言われているのに、あたかも当たっているかのように思い込む心理現象を、バナナ効果……ではなく、バーナム効果という。

「それを言うならバーナム効果だ。黙って仕事しろ」

「バナナくれんなら」

「森へ帰れ馬鹿」

部下をあしらいつつ、ネラのことを思い出す。店に通ううちに、少しずつ心を開いてくれている気がする。もっとも、フレイダからすると、仮に彼女に罵倒され、蹴られたとしても、目の前で生きていてくれるだけでこの上なくありがたく、幸せなことなのだが。

「隊長みたいな空気読めなくて話もつまらない顔と剣だけが取り柄の石頭が、占いに傾倒するなんて意外です」

「全部占いに関係ないな。ただの悪口だな」

「気のせいです」

別に占いにハマっている訳ではなく、フレイダが執心しているのはネラだ。

フレイダはアストレアが死に際に残した、「また会える」という言葉にしがみついて生きてきた。

前世ではとうとうその言葉が現実になることなく寿命を迎えてしまったのだが。それでも、アストレアのひと言だけが、フレイダの生きがいとなっていた。

街の雑踏を歩き、アストレアと同じ銀髪の後ろ姿にどきりと心臓を跳ねさせ、声をかけてみては別人と知って落胆する、その繰り返し。預言の聖女の最期の言葉を信じ、生まれ変わった今世でも彼女を探し続けた。砂漠に身ひとつで放り込まれ、水を求めてさまよい歩くかのごとく。フレイダの渇きに渇いた心を癒せるのは、たったひとりの敬愛する聖女だけだ。

そして――ネラを見つけた。道端で彼女の姿をひと目見たとき、全身に雷電が駆け巡るような衝撃を受けたのを覚えている。

アストレアと瓜二つの容姿と、光を帯びた瞳を見たとき、生まれ変わりだと確信した。

神の啓示で選ばれる聖女は、瞳孔に光の輪が刻まれている。また、預言の聖女は透視能力を得るために視力を失う。ネラは今世でもその特性を引き継いで盲目になっていた。

ネラは前世のことを覚えていないようだが、思い出してくれなくたって構わない。再び会えただけで夢のようだから。

「カイセル、何をしたら女性は喜ぶと思う？」

「んー、そうっすねぇ。贈り物とか、ちょっとしたスキンシップとか？」

カイセルはいたずらっぽく口角を持ち上げて言った。

「こーいうのはさ、喜ばせようって気持ちがあれば十分なんすよ」

前世のアストレアは、女の子らしい楽しみをひとつも味わえていなかった。だから今度は、めいっぱい楽しいことを経験させてあげたい。沢山好きなものを食べて、好きな服を着て、好きな場所に行って……あわよくばこちらに笑顔を見せてほしい。

前世では、身分差から想いを伝えることもできずに死別してしまったが、これからは好きな気持ちを前世の分まで存分に伝えていくつもりだ。そして、前世では守りきれずに自分だけが生きながらえてしまったが、今度こそは彼女のことをなんとしても守りたいと思っている。

◇◇◇

デートの数日前にも、フレイダはバー・ラグールを訪れた――立派な花束を携《たずさ》えて。

ネラは店のドア前で彼を出迎えて早々、包み紙が擦れる音で、彼が手に何かを持っていると察した。そしてフレイダが、持っていたものをネラに差し出す。

「あの……これは？」

「花束です。もしよろしければ、受け取ってください」

咲き誇る花の美しさは見えずとも、甘い香りが鼻を掠めた。両手にずっしりとした重みを感じるので、かなりの本数が束ねてあることが分かる。

「どうして突然？」

今日は何かの記念日という訳でもないし、どうしていきなり花束なのだろう、と小首を傾げながら尋ねると、フレイダはふっと穏やかに微笑んだ。

「ネラさんが健やかに過ごしてくださっていたら、毎日が記念日のようなものです。今日花束を持ってきたのは、ただあなたが喜ぶ姿を見たかったからです」

「喜ぶ……姿」

(私、ちゃんと嬉しそうにできていたかしら)

喜ばせるためにこれを買ってきてくれたのなら、彼をがっかりさせてしまったかもしれない。ネラは妹のリリアナと違って、とにかく愛嬌がないから。

「…………」

「…………」

どうやって喜びを伝えたらいいものかと言葉を探し、ネラは沈黙する。悩めば悩むほど、眉間のしわが深くなっていき、ふたりの間に静寂が広がる。

「勝手な真似をしてすみません。ご迷惑……でしたよね」

喜びをいかに表現しようかと思案するネラの表情の険しさを、フレイダは迷惑がっていると捉えたようだった。しおしおとそう言った彼に、ネラは青ざめる。

迷惑なはず、ない。フレイダが花屋の店先で自分のことを思い浮かべながら選んでくれたのだ。そんな真心を迷惑だなんて思うはずがないのに。可愛げのある笑顔を浮かべたり、喜びの言葉を口にしたり、もっと気の利いた反応はできないのか。

フレイダが期待したような反応を見せられず、落胆させてしまったと、ネラは華やかな花束を抱えながら反省する。

感情が表情に出ないなら、言葉にしなければ伝わらない。胸の中にじわりと広がったこの温かい気持ちも、思っているだけでは彼は分からないのだ。

なけなしの勇気を振り絞って、ネラなりの誠意を込めたお礼の言葉を伝える。

「違いますっ。そんなことはありません。とても、嬉しいです。心にかけてくださってありがとうございます。ずっと大切にします……！」

「……！」

ネラのぎこちない微笑を目の当たりにしたフレイダは、目をわずかに見開く。ぎこちなくも、雲間から気まぐれに差した陽光のように、眩しく愛おしい微笑だった。彼は困ったように眉尻を下げた。

「あなたが愛らしすぎて、口から心臓が出てしまいそうです。花はいずれ枯れてしまいますから、枯れる前にまた新しい花束を贈ります。喜んでいただけたようで本当によかったです。それと……」

フレイダはおもむろにネラに顔を近づけて、耳元で艶っぽく囁く。

「そのお顔――他の男には絶対に見せないで」

「………っ」

囁きと同時に吐息が耳たぶを掠めて、ネラはぴくっと肩を跳ねさせた。一体フレイダの前で自分がどんな顔をしているのか、想像もつかない。

脈拍が加速していくのを感じていると、身を離したフレイダが言う。

「さ、そろそろ占いの時間です。このまま立っていてはネラさんの足が疲れてしまうので、椅子に座りましょうか」

「は、はい……」

けれど占い中も、ネラの胸の高鳴りが収まることはなかった。

フレイダの占いが終わった後、丁度アルバイトのシフトも終わりということで、店の外のベンチで座って話すことにした。占いの時間を使ってたわいない話を散々していたというのに、まだ話し足りないとは不思議だ。彼といると心地よくて、別れが惜しくなる。

フレイダは、スカートが汚れないように自身のハンカチをベンチの上に敷いて、そこにネラを座らせた。彼の方がよっぽど高価な装いをしており、汚れないようにするべきだと恐縮しかけたが、舌先まで出かかった言葉は飲み込む。

ここは、彼の親切心を素直に受け取るべきだろう。

「今日はとてもいい天気ですね。雲ひとつない」

「ええ。すごく気持ちがいいです」

相変わらず、交わすのは取るに足らない会話ばかりだ。それでもなぜかとても楽しく、ずっと話していたいと思ってしまう。

おもむろに膝の上に置いていた花束に手を伸ばして、花弁のひとつを傷つけないようにそっと撫でる。この花は一体、どんな形をしていて、どんな色をしているのだろうか。フレイダの方を振り向きながら、「これはなんという花ですか？」と聞いてみる。

するとフレイダは、ネラの手を上から握り、花のひとつに触れさせた。

「これは、ブルースター。ネラさんの瞳と同じ——青い色をしています。小さな花弁が五つ繋がっています」

今度はまた別の花にネラの指を誘導して、触らせる。

「これは、マーガレット。中央が黄色くてその周りはピンク色をしています。花弁は沢山あって……。分かりますか？」

「はい。マーガレットの見た目は知っています。昔育てていたので。私が育てていたのは白でしたが、ピンクもあるんですね」

フレイダはそうして次々にネラに花の感触を指先で確かめさせながら、どんな花なのか丁寧に解説していく。ネラはというと、肝心な花の説明は耳から耳へとすり抜けていき、触れている手の熱でいっぱいいっぱいだった。

その熱は、触れられている場所から甘い痺れとなって全身に広がっていく。全身がフレイダに囚われ、彼のことしか考えられなくなっていくような感じ。

「そうみたいです、それでこっちは、シャクヤク。薄いピンクの花弁が何重にも重なり、華やかで上品な花です。この花は……なんだったかな」

ネラは花弁を撫でたり匂いを嗅いでみたりして、花の名前を言ってみた。

「これは、アリュームではないですか？」

「ああ、確かそうです。よく知っていますね」

そのとき、フレイダがぽん、とネラの頭を撫でた。節くれだっていて大きな手の感触と、重み、温かさに、どきんっと胸が音を立てる。小さな子どもをあやすときのように頭を撫でられ、訳も分からず顔が熱くなっていく。

(何、この気持ち……)

今までに感じたことのないふわふわとした気持ちに、ネラは当惑する。この胸が甘くきゅうと締め付けられる現象を、なんというのだろうか。顔を熱くさせるネラに、フレイダは追い打ちをかけるかのごとく色っぽく囁きかける。

「——来週のデート、楽しみにしていますね」

その声で囁きかけないで、という懇願は声にはならなかった。この調子で、果たして身が持つのだろうか。

(今日のフレイダ様は、ずるい……)

フレイダの方は、部下に教えてもらった『女性を喜ばせる方法』を忠実に実践しているだけなのだが、ネラがそれを知る由もなく。ただただ一方的にどぎまぎさせられ、振り回されるのだった——

◇◇◇

フレイダと出かける前日のこと。

ネラはバー・ラグールの閉店後、店主のメリアに声をかけられた。

「お疲れ様、ネラ」

「メリアさんもお疲れ様です」

今日は、仕事の後にちょっと占ってほしいことがあると頼まれていた。相談内容は長女の息子のことで、昔から湿疹が出たり薄くなったりを繰り返しているらしく、どうしたら改善してやれるか知りたいという。

「悪いねぇ、手間かけちまって」

「いえ、いつもお世話になっていますので、これくらい全然。お孫さんの生年月日と名前を教えてください」

必要事項を確認し、占いモードに入る。目を閉じて手を合わせ、視えてくる映像に意識を集中させた。

メリアの孫の身体を視てみると、特に口元や首筋、膝の裏の柔らかい肌に湿疹が広がっていた。ひどいときは痒みで夜も眠れないようだ。メリアに確認してみると、悩ましげにうんうんと頷く。

「ああ、そうだ。娘も孫に夜な夜な付き合って苦労していてねぇ」

皮膚の症状だが、彼の場合は大人になるにつれてよくなるようだ。季節の変わり目などに症状が再発することもありそうだが、恐らく幼少のころよりは軽くなっていく。

（改善法は……）

「あの、何か動物を飼ってはいませんか？」

メリアははっとした。

「あ、ああ。猫を二匹」

どうやら猫の毛や、尿、唾液に過剰反応を起こして皮膚炎が誘発されているみたいだ。あとはハウスダストにも弱いようなので、清潔な環境を整えてはどうかと助言する。

メリアはネラの回答を聞いて、とても感心した様子だ。

「実際に見ていないのにそこまで詳細に……。医学の心得があるのかい？」

「いいえ。私はただの占い師です」

だが、ただの占い師とは言ったものの、前世から引き継いだ不思議な力を使うという、他にはいない珍しい占い師だ。メリアはネラの占い結果を熱心にメモに記録し、助かったよと礼を言った。

「では、私はこれで」

「ちょっと待ちな。そこ座って」

「は、はい……？」

帰ろうとしたら、なぜか呼び止められた。

メリアに促されるまま、ネラはカウンターの椅子に腰を下ろす。カウンターの向こうで、メリアが飲み物を出しながら興味深げに聞いてきた。

「それで？　最近エリート騎士様とはどうなんだい？　結構いい感じじゃないか、ふたり」

いい感じ……に見えているのだろうか。

「よく……分かりません。こういうの、慣れていなくて」

「はは、若いねぇ」

今まで、父親や元婚約者以外の男性と関わることがなかった。恋愛慣れしていないネラだが、フレイダの傍にいると落ち着く。彼の一挙一動に胸が高鳴ったり、些細なひと言に切なくなったり、忙しなく感情が変化する。ネラは自身の身に何が起きているのか、よく理解していなかった。

「実は明日、オペラ鑑賞に誘っていただいてるんです」

「へぇ。いい男ってのは高尚な趣味をしてんだねぇ。楽しんでおいで。服とかは準備してあるのかい？　まさかその格好で行くつもりじゃないだろうね」

「……とりあえず、実家から持ってきた適当なドレスを着ようかと」

本当なら新しく仕立てたかったが、買いに行くことができなかった。目が不自由だと外出するにも制約があって大変だ。すると、メリアがいぶかしげに眉を寄せる。

「駄目駄目、せっかくのデートなんだからちっとは着飾んなきゃ。そうだ！　うちんとこの次女に借りればいいわ。ちょっと待ってな。今声かけてくるから」

「わっ、メリアさん、待っ――」

娘にまで迷惑をかける訳にはいくまいと引き止めようとしたが、有無を言わさず、メリアはホールの外へ消えていった。

バーの二階は、メリアたち家族の居住スペースになっており、ネラもそのうちのひと部屋に住まわせてもらっている。メリアは旦那とうの昔に離婚しており、長女は結婚して家を出たので、今は次女とふたり暮らしをしていた。次女とも何度か顔を合わせているが、メリアによく似て世話好きで明るい人だった。

（メリアさんたちには、親切にしてもらってばっかりね。何かお礼ができないかしら）

まもなく次女が店にやってきて、ドレスを貸してくれることになった。ネラよりふたつ年上の彼女は面倒見がよく、ネラ以上にデートを成功させようと意気込んでいた。

「お相手の方をメロメロにするために完璧に仕上げてあげるわ。任せてちょうだい！」

「あ、あの……？」

「ほら、そこに立って！　まずはドレスの色から決めましょ！　ネラさんは顔面が最強だから、なんでもお似合いでしょうけど」

「が、顔面が最強……？」

彼女に部屋に連れ込まれた後。彼女の勢いに圧倒されながら、まるで着せ替え人形のごとく次々とドレスを着せられた。しかし、その最中にバー・ラグールに荷物が届いた。『占い師のネラ・ボワサル様』という宛名で、それを送ってきたのはフレイダだった。

「彼が例のエリート騎士様よね？　すごく大きな箱だけど、一体何が入ってるのかしら」

「もしよろしければ、代わりに確認していただけますか？」

「え……いいの？　あたしが勝手に見て」

「はい。構いません」

きっとフレイダも、ネラが自分の目で確認することができず、誰かに変わりに見てもらうことは想定しているはず。少なくとも、他人に見られて困るものは入っていないだろう。

丁寧に箱を開けた次女は、箱の中身を見て、「わぁ……」と感嘆の息を漏らす。

「あたしがお節介を焼くまでもなかったわね」

「……？」

まだ何が入っているのか分かっていないネラは、きょとんと首を傾げる。すると彼女は、ネラの手を箱の中へと誘導しつつ説明した。箱に収まっていたのは、庶民が到底手を出せないほど上等なドレスと、靴やアクセサリーなどの装飾品だという。

気軽に服を買いに行けないネラのために、フレイダが用意したものだった。手でドレスの生地を撫でてみれば、肌触りの良い滑らかな質感で、袖を通すとサイズもネラにぴったりだった。そして、荷物には短い手紙が添えてあり、それを次女が代読する。

「『日頃の感謝を込めて、ささやかながら用意させていただきました。きっとお似合いになると思います』――ですって。きゃーっ！　粋な男ね！」

きゃっきゃとひとりで盛り上がる次女の傍らで、本当に細やかな気遣いができる人だと心の中で感謝の言葉を唱えるネラであった。

◇◇◇

デート当日は、よく晴れた風の心地いい日だった。

フレイダは、ネラが下宿しているバーまで馬車で迎えに来てくれた。

（どこも……おかしくないわよね？）

今日のネラは、フレイダに贈られたロイヤルブルーの流行りのレースドレスに身を包んでおり、いつもは梳かすだけで伸ばしっぱなしにしている髪を、横に編み込んでいる。

フレイダの顔が見えないので、どんな反応をしているか分からない。相当気合を入れて準備してきたものの、果たして似合っているだろうか。

「今日の私……変じゃないでしょうか」

「世界一美しいです。天使が空から降ってきたかと思いました」

「天使……ですか？」

「女神かもしれません。美を司る系の」

……想像を上回るべた褒めだった。

「さ、お手を」

「ありがとう……ございます」

（相変わらずスマート……）

手を差し出され、紳士的にエスコートされながら馬車に乗る。さながら貴族の護衛騎士のような洗練された所作だった。

向かい合って座り、揺れる馬車の中で会話をして時間を過ごす。

座面はふかふかのクッション素材でできていて、足元も毛先の長いカーペットが敷いてあり、乗り心地がとてもいい。

「今日はありがとうございます」

「こちらこそ」

「オペラ、楽しみですね」

オペラの内容は、悲劇らしい。なんでも有名な劇作家の書き下ろしだそうで。

革命期の王国の王女と、その奴隷の恋。革命という動乱の時代に、身分差ゆえに決して結ばれることはなく、ハッピーエンドで終われないことは容易に予想できる。

「実は少し、涙脆くて。もしかしたら隣で泣いてしまうかもしれませんが、気にしないでください」

「わ、分かりました」

確かにフレイダは情に弱そうだ。ちなみにネラは、本や劇にあまり感情移入しないタイプである。

「ところで、ネラさんは音楽を嗜《たしな》まれたりするんですか？」

「楽器は少し……でも歌は音痴なのであまり。フレイダ様は？」

もし修道院に入ったら毎日賛美歌を歌わなくてはならないのだが、歌が不得意なネラにとっては苦痛な時間となることだろう。

「時々、料理をしながら鼻歌を歌ったりします」

(フレイダ様が、料理をしながら鼻歌……)

どっちも意外だ。侯爵家の当主ともあろう人が厨房に立つ姿も、鼻歌を歌うところもイメージできず、なんだかおかしくて、ふっと笑いを零す。

「意外です」

なんでも休日の息抜きに料理をするのが好きらしく、使用人たちにも振舞っているとか。

いつかその手料理を食べてみたいとネラは思った。

馬車に揺られること一時間。

商都リデューエルで最も栄えている中心部の中央歌劇場に到着した。

乾いた空気が漂うホール。案内されたのは、二階のボックス席だった。ゆったりとくつろげるソファが真ん中にあって、サイドテーブルにワインと軽食が用意されている。貴賓用の上等席だ。

「そちらに座席がございます。段差がありますので、足元に気をつけてください」

「ありがとうございます」

馬車を下りてからも、フレイダは完璧にエスコートしてくれた。

席に着いてまもなく、舞台の幕が上がる。

舞台は革命期の王国。王族が国民の血税を散財し、悪政を敷いたために国は疲弊しきっていた。

冒頭は、王女が民衆に石を投げられる場面だった。

すると、隣からすすり泣く声が聞こえた。

(まだ始まって二分だけれど……⁉)

まだ王女が石を投げられただけで、泣けるような要素はない。涙脆いにも程がある。

ネラはそっとハンカチを差し出した。

「これを」

「……すみません」

それにしても、このオペラは歌手の歌声やオーケストラの伴奏に演出と、全てにおいて完成度が高い。世間で評価されていることにも納得できた。

『お前はずっと、わたくしの傍にいなさい。奴隷としてではなく恋人として』

『冗談が過ぎます、殿下。あなたにはあなたのお立場があります。私のような奴隷などに情をかけてはなりません』

王女と奴隷。身分差のある男女の禁断の愛。序盤からふたりの恋には大きな試練があった。奴隷に肩入れしていることが露見し、王女は婚約者に頬を打たれてしまう。

そして幕間。

フレイダは大きく息を吐いていて、まだ前編なのにかなり精神をすり減らしている様子だ。後編で身が持つか心配になる。今のストーリーの雰囲気でいくと、多分――王女が死ぬと思う。

かなり感情移入しているようだが、もしかしたらフレイダは、過去に辛い恋愛をしているのだろうか。

「あ、あの……大丈夫ですか？」

「身分のある女性が怒鳴られたり石を投げられたりするのは、ちょっと。苦手でして」

（泣くポイントがちょっとズレてるような……？）

王女と奴隷の悲恋に泣いているのかと思いきや、全然関係ないところで感情移入していた。しかし、人にはそれぞれ苦手なものがある。

「婚約者に打たれる場面なんて、見ていられませんでした。俺がお傍に仕えていたら、あのようなド畜生男、八つ裂きにした上に家畜の餌にするんですが」

「家畜の餌」

色々と物騒な言葉が飛んできた気がする。王女は婚約者がいながら奴隷と密かに恋をしていたのであって、叩かれても仕方がなかった。

八つ裂きはさすがに容赦がなさすぎるのでは、と思ったが、舌先まで出かかった言葉を飲み込む。

そして再び幕が上がる。相変わらず、王女がちょっと虐められたり不憫な目に遭う度に、隣からぐすぐすと鼻をすする音が聞こえた。

結局、ふたりは駆け落ちしたが、革命による戦闘に巻き込まれて王女だけが命を落とした。しかも、奴隷の腕の中で。長い公演時間ふたりの恋路を見守っていた側としてはハッピーエンドがよかったとも思うが、こういう心揺さぶられる悲劇もそれはそれでいい。

そして、フレイダはやっぱり隣で泣いている。

「……大丈夫ですか？」

「王女が哀れでなりません。時代に翻弄され、民衆から憎まれ、あまつさえ愛する人と結ばれることさえ叶わずに死んでしまった」

「でも、少なくとも最期の瞬間は幸せだったのでは？　好きな人の腕の中で眠れたのですから」

革命に参加した兵士たちは、独りぼっちで惨い死に方をしている。そう考えると王女はまだマシな方だ。

「……それでも、俺は失いたくなかったです」

まるで、自分のことを話しているような口ぶりだ。フレイダも大切な人を失った経験があり、王女の死を誰かに重ねているのだろうか。

「俺は……？」

「実は昔……ある高貴なお方にお仕えしていたことがありまして。彼女はとても不幸な方でした。部下でありながら、俺は主を守りきることができず……」

なるほど。彼が、不当に虐《しいた》げられたり疎まれたりする若い娘に弱い理由がようやく分かった。具体的に何があったかは聞けないが、余程の心の傷になっているのだろう。

ふと、脳裏に「探している女性がいる」というフレイダの言葉が思い浮かんだ。

生きているかどうかも分からない相手を探していて、恋い慕うのも畏れ多い、雲の上のような存在だと語っていた。それがずっと頭に引っかかっている。

一体どんな相手で、何があって別れてしまったのか。

(その女性のことを、今も愛しているのですか？)

心の中の問いは、口にすることができなかった。聞かなくても、無自覚に発動した透視能力で、彼が今もなお彼女に囚われ続けていて、深く愛していることが視えてしまったから。

つくづく嫌な能力だ。こんなに楽しいデートの最中に知りたくなかった。

(フレイダ様が好きなのは――私ではない。私にかけてくれた言葉は全部……嘘だったの？)

なんの気まぐれか、今は自分の常連客としてバーに通い詰めているが、彼の心には別の女性の存在がいる。心変わりをしたどころか、自分の入る隙など少しもないくらいに、その人のことを愛しているのが伝わってきた。

優しく接してくれた彼のことが何も信じられなくなり、ずきんとネラの胸が鋭く痛んだ。

鑑賞が終わり、手を引かれながらホールを出た。ロビーは帰りの人たちでごった返していていた。ネラが人にぶつからないように庇い歩くフレイダの肩が途中で誰かとぶつかり、彼は詫びる。

「すみません」

「いえ、こちらこそ。――って、ネラ？　どうして君がここに……」

聞き覚えのある声に足を止める。

何年も聞いてきた声。間違いない。彼は――

「クリストハルト……様？」

「うん。久しぶりだね」

それは元婚約者だった。どうして歌劇場なんかにいるのだろう。彼はオペラもクラシックも劇も好きではなく、おまけに長時間じっとしていられない人だった。何度か一緒に舞台鑑賞に行ったことがあったが、開幕十分と経たずにそわそわし始め、決まって途中で退出したいと言い出した。

誰かと一緒に来ている訳でもないらしいが、ひとりでオペラに来るなんて、一体どんな心境の変化だろう。

「あなたがこのような場所にいらっしゃるなんて珍しいですね」

「あ、ああ。たまにはね。実に愉快な内容だった」

「悲劇でしたよ……？」

本当にこの人は何をしに来たのだろう。きっとまた開始数分で寝落ちして、何も覚えていないに違いない。

「そちらの方は？」

クリストハルトと言葉を交わしていると、隣にいたフレイダが尋ねてきた。

「元婚約者です」

「ああ。――例の」

事情を知っているフレイダが、含みのある言い方をして、クリストハルトを一瞥《いちべつ》する。それからこちらに、そっと耳打ちした。

「安心してください。もし何かあれば俺が消し炭に……ンンッ。ではなく、しょっぴきますので」

「今何か怖いこと言いかけませんでした？」

「気のせいでしょう」

ついさっき、婚約者を打った男を、「八つ裂きにして家畜の餌にする」などとのたまったくらいだ。フレイダはネラに対してはどこまでも誠実だが、時々物騒なことを言ったり、薄黒い一面を見せることがある。何かの弾みで本当に消し炭に変えてしまいそうで、ちょっと怖い。

「あなたは――フレイダ・ライン様ですよね」

「よくご存知ですね」

「あなたを知らない貴族はいませんよ。数十年に一度の逸材と名高い神力使いにして、次期隊長候補と言われる王衛隊幹部ですからね」

「自分には不相応な肩書きです」

「ご謙遜を」

次期隊長候補とはまた大層な名誉だと、初めてそれを知ったネラは驚いた。彼はいつも謙虚なのでつい忘れてしまいがちだが、評判を他人の口から聞くことで、格上の存在なのだと知らしめられる。

クリストハルトはネラのことをじろじろと見つめながら軽い口調で言った。

「今日の君、とても綺麗だ。見違えたよ」

「はい？」

クリストハルトに綺麗だなんて褒められたのは初めてだ。婚約していたときはそんな気が利いたこと、一度も言ってくれたことはないのに。彼は指で頬を掻きながら言った。

「あっ、いやごめん。急におかしなことを言ったりして。それより君、人混みが苦手だっただろう？　こんなに人がいるところに来て大丈夫なのかい？　無理してるんだろう」

それを聞いたフレイダが、「そうだったんですか？」と驚いたような反応をする。すると、クリストハルトが得意げに笑った。

「付き合いが浅いあなたは知らなくて当然でしょう。僕は彼女と付き合いが長いので、なんでも知っていますよ。彼女は敏感なので人が多いところは駄目なんです。それなのにこんな人の多いところに連れてくるなんて、何を考えているんだか……」

自分から別の女に心変わりをして婚約解消をしておきながら、今更なんだ、この鬱陶《うっとう》しい態度は。こんな風に気を遣われたところで、ありがたいとも思わないし、少しも心は動かず、ネラはどうにか早く会話を切り上げる方法を考えた。

「そうだ。この後暇かい？　よかったら、最近流行りのレストランに行こう。君が好きだったものをご馳走するよ」

「結構です。他の女性を誘うなんて、婚約者のリリアナに不誠実では？」

「はは、何を言うかと思えば。君は僕の義理の姉になる人だ。他の女——という括りにはならないだろう」

「…………」

家を追い出しておいて、義理の姉だなんてよくもぬけぬけと言えたものだ。こんな下心丸出しで……まさか、ここまで浅はかで筋の通っていない人だとは思わなかった。こちらはもうほとんど縁を切ったものだと思っているし、親しくする気など毛頭ないのに。

(リリアナと上手くいっていないのかしら)

おおよそそんなところだろう。リリアナは婚約解消のときはうまく猫を被っているようだったが、蓋を開ければ遊び好きで不誠実だ。正式に婚約者になって本性が露《あらわ》になり、愛想を尽かしたという可能性はある。あるいは、リリアナとネラを天秤にかけて、ネラの方がまともだと今になって気づいたのだろうか。

いずれにせよ、こちらはいい迷惑だし、彼の本意などどうでもいい。

「私はボワサル家に勘当された身ですので。あなたとはなんの縁もございません。行きましょう、フレイダ様」

「ま、待ってくれ」

背を向けてその場を離れようとすると、クリストハルトに強引に腕を掴まれた。

「待てって言ってるだろう!?」

「痛っ……」

余裕のない声で呼び止められ、びっくりした。何をそこまで意地になっているのだろう。

ネラが顔をしかめると、フレイダがクリストハルトの腕を上から掴んだ。

「その手を離していただけますか。彼女が嫌がっています」

「こっちの話に入ってこないでください。ネラは僕の婚約者だ」

「元、でしょう。それ以上騒げば暴行罪で検挙しますよ」

クリストハルトがふっと鼻で笑う。

「暴行罪ですって？　元婚約者に触れただけで何が問題なんです？」

「分かりませんか？　俺は気分次第であなたを処すだけの権限を有している、ということです」

腕を握る力をぐっと強めれば、クリストハルトはフレイダの本気を感じ取り、慌ててネラから手を離す。

「……こ、これはまた随分とネラに肩入れされているようですね。どのような関係なんです？」

「夫です」

「「え？」」

ネラとクリストハルトは、ふたりして目を見開いた。

いつの間に夫婦になったのだろうか。求愛はされているが結婚した記憶はなく、こそっとフレイダに訴えかける。

「あ、あの……急に何段階もすっ飛ばしすぎでは」

「方便ですよ。今だけとりあえず俺に合わせてください」

なるほど、恋人のふりをしてこの場をしのごうという訳か。フレイダの考えを理解して、クリストハルトの方を振り向く。

「は、はいそうでした。この人は私の夫です」

「………………ンンッ」

横でフレイダが顔をしかめて、胸の辺りを押さえて悶絶している。クリストハルトを牽制していた威厳のある姿の面影はなく、だらしなく頬が緩まないように唇を引き結ぶことに必死だ。

「今の、すごくよかった。胸の辺りがきゅんといたしました。ぜひもう一度お願いします」

「ごめんなさい、無理です」

自分で始めた茶番に興奮しているフレイダに若干引きつつ、懇願をばっさりと切り捨てる。

「ふたりともグダグダすぎでは⁉」

遂にはクリストハルトにさえ突っ込まれる始末だ。

いやしかし、ここは押し通すしかない。ネラはフレイダの腕に絡みついた。親しさをアピールするには、こうしてスキンシップを取るのが効果的だと思ったからだ。

フレイダはそんなネラに悶えた後、咳払いをした。

「俺は愛する妻とのデートを邪魔されて非常に気が立っています。これ以上、夫婦のらぶらぶなひと時に水を差すような真似はお控えください。この後も我々はいちゃいちゃしなくてはならないので。——失礼」

真剣な顔で、らぶらぶだのいちゃいちゃだの、浮ついた言葉を羅列していく。

果たしてこんなバカップルを演出する必要があったのだろうか、と疑問に思いつつ、乗ってしまったからには後戻りはできず、ネラは隣でこくこくと頷く。

「待てっ、ネ——」

こちらに手を伸ばしてくるクリストハルトだったが、フレイダがそれをあしらう。

「しつこい。彼女はお前ごときが軽々しく触れていい相手ではない。彼女の隣は——俺だけの場所だ。今なら見逃してやる。気が変わらないうちに引け」

「……っ！」

いつも温厚なフレイダからかけ離れた威圧的な態度だ。触れたら凍えてしまいそうな冷たい眼差しでクリストハルトを見据えている。

端正な顔に殺気が乗ると恐ろしく迫力があり、クリストハルトは喉の奥をひゅっと鳴らした。

（彼女の隣は俺だけの場所……）

そう断言するフレイダは、その場しのぎの嘘で言っているのではなく本気でそう思っているようで。でもなぜか悪い気はせず、彼が自分の隣にいることが、ネラにとってもごく自然なことのように感じた。

頑なに引き下がろうとしなかったクリストハルトだったが、それきり何も言わなかった。

歌劇場を出て、人の往来が少ないところで、組んでいた腕をどちらからともなく離す。

「すみません。巻き込んでしまって」

「いえ。むしろ頼ってくださって嬉しかったです。いつも、助けられるばかりでしたから」

「……？」

彼のことを助けたことなどあっただろうか。

小首を傾げて考えていると、フレイダが誤魔化すようにあわあわと言った。

「か、占いでお世話になっている、ということです。それに……一瞬だけでも、ネラさんの夫になれました。せっかくなら本物の夫婦に……」

「なりません」

「念の為こちらに婚姻届を携《たずさ》えておりますのでサインを……」

フレイダは懐から婚姻届を取り出す。

(持ち歩いているの!?)

「か、書きません……！」

もちろんお断りすると、彼は残念そうに婚姻届をしまい、「それより」と言葉を重ねた。

「体調は大丈夫ですか？　人が多いところが苦手だと」

実を言うと、人が多いところは確かに苦手だ。透視能力を持っている関係か、人が発するエネルギーに敏感で、人混みに行くと気分が悪くなったり、頭痛がする。でも、体質のことを気にしたらどこにも行けなくなってしまうし、フレイダに気を遣わせたくなかったので伝えていなかった。

クリストハルトとロビーで一悶着あったとき、大勢人がいる中で長居したので、少し気分が悪い。だがそのうち回復するはずだ。

心配をかけたくなくて、平気です、と微笑みかける。

だがフレイダは、ネラの表情や声音の些細な違和感を見逃さない男だった。節くれだった大きな手を伸ばしてきてネラの額に触れた。

「少し失礼します」

「あの……？」

直後、手のひらから温かな感覚が伝わってきて、気分がすっきりした。頭痛も治まっている。

「何をなさったのですか？」

「俺の神力を注がせていただきました。大した治癒力はありませんが。少しは楽になりましたか？」

「はい、とても」

そういえば、クリストハルトがフレイダのことを『神力使い』だと言っていた。

この地域は昔、神を信仰する教皇国で、人々の中には神から与えられた神力が使える人がいた。

現在は信仰心の低下とともにその人数が格段に減少してしまった。

教皇国時代、フレイダの家系は神職をしていたそうで、その名残りでライン侯爵家に生まれる人たちは未だに神力が使えるという。

けれど彼は、「俺の力なんて些末なものです」と謙遜した。教皇国時代には、教皇や聖女を筆頭にもっと優れた神力の使い手が大勢いた、と。

「俺の先祖は教皇国時代に司教をしていた一族で、教区に聖女アストレア様を祀っているんです」

「聖女、アストレア……」

ふいに出た名前に、心臓がどきっとする。アストレアはネラの前世だ。頻繁に夢に出てくる彼女は、いつも無表情で、神々しく、そして騎士の腕の中で静かに息を引き取っていく。

「裏切りの聖女と呼ばれている人、ですよね」

忌まわしい売国奴として民衆に恨まれ、ひどい最期を迎えた女性だ。

そう言うと、フレイダは悲しそうに首を横に振った。

「裏切りだなんてとんでもない」

「え……」

「本当の裏切り者は──当時の教皇だったのです。アストレア聖下は、透視能力で全てを知っていておられました。教皇を神のごとく崇拝する民衆が失望し、国の秩序そのものが崩壊していく様を。……それを防ぐためにご自分が全ての罪を被る道をお選びになりました」

フレイダが語ったのは、世間に伝わっている歴史と全く違う内容だった。

その時代、国はとても不安定な状態にあった。大きな飢饉《ききん》と伝染病の流行が起きて国は疲弊しており、民衆の怒りの矛先は神殿に向いていた。神と同格の存在として崇めていたはずの教皇の裏切りが判明していたら、各地で武装蜂起が起き、神殿は破壊され、国そのものが滅んでいたという。

「彼女はとても正義感が強く実直だったそうですから、信念を曲げて裏切り者を庇うのはさぞ辛かったことでしょう」

教皇はその後すぐに病死した。それは神の罰だった。神によって聖女と教皇が選ばれるように、ふさわしい器ではない者は、やはり神によって排除されるようになっている。アストレアは汚名を被り、次の代替わりまで教皇国を存続させた。

犠牲者を出さずに済む最も効率的な方法は、本当の裏切り者を庇うことだったのだ。

「なぜ……フレイダ様がそのようなことをご存知なのですか？」

「俺の先祖はアストレア聖下の庇護の任を与えられていました。代々本当の真実を伝え、彼女を供養しているんです」

「……そうですか」

その真実を口外すれば、国は混乱することになる。だからライン家は秘密を守り続けたのだ。

(よかった。私は前世で国を裏切っていなかったのね)

嫌われ者の大逆人が前世なのは、いい気分ではなかった。

ネラはおもむろに、自分の瞼に手を伸ばす。

アストレアは閉じた視界で国の行く末をどんな風に視ていたのだろうか。

「もしかして、アストレアの最期を看取ったのはフレイダ様のご先祖様だったりするのでしょうか？」

「どうしてそれを……」

夢の中で騎士に寄り添われながら彼女が死んでいく様子を繰り返し見ている、とは言えないのでネラは口をつぐむ。だがフレイダはそんなネラを不審がることはせず、素直に答えた。

「はい。ご遺体を持ち去り、墓を立てたのもライン家の者でした」

そう呟いた声は、懐かしむような、切なそうな声だった。

アストレアはいつも騎士服を着た男の腕の中で亡くなるが、それはフレイダの祖先だったのだ。

きっとあの騎士は、アストレアが自分を犠牲にしたことを知っていて、心を砕いたのではないか。

裏切り者として民衆に蔑《さげす》まれようとも、たったひとりの騎士の忠誠が、孤独な聖女にとっては救いだったのかもしれない。

まもなく停車場に着き、ネラはフレイダの手に支えられながら馬車に乗った。


それから、商店街をふたりで少し回ることにした。いつも世話になっているメリアと彼女の娘にお礼の品を買うことにする。フレイダの勧めで有名な茶葉専門店に入り、高級な紅茶を購入した。

注文を終えて店を出ると、街は大勢の人たちがひっきりなしに行き交っていた。様々な店が軒を連ね、店員が呼び込みをする快活な声が聞こえる。

途中で見つけた屋台で流行りの甘味を買って食べた。ワッフル生地にカスタードクリームといちごが挟んである。注文してその場で焼いてもらったので、生地の表面がぱりっとしていた。

「甘くて美味しいです。ひと口どうですか？」

フレイダは注文していないので、せっかくならひと口くらいどうかと勧めてみると、彼は戸惑ったように目を泳がせた。

「え、えっと……よろしいのですか？」

「はい」

差し出したワッフルに対し、そわそわと視線をさまよわせてから、フレイダは遠慮がちにかぶりつく。

「美味しいでしょう？」

「分かりません頭が真っ白で味わう余裕がありませんでした……」

フレイダの声はだんだん尻すぼみになっていき、ほのかに赤らんだ彼は口元を手で押さえる。

その姿が見えなくても、間接キスを意識しているのだとネラは察した。フレイダは経験豊富そうに思えて案外初心だったり、余裕があるように見えてなかったり、掴みどころがない。

だが、フレイダが関節キスを意識していると気づいたことで、あどけない一面をいじらしく思うのと同時に、自分まで気恥ずかしくなった。

街を満喫したふたりは馬車に戻った。帰りの馬車の中で、ネラは礼を伝える。

「とても楽しかったです。こうやってお出かけするのは久しぶりで」

「それはよかった。俺もとても楽しかったです。夢みたいな時間でした」

「夢みたいなんて……大袈裟です」

「大袈裟じゃありませんよ。本当にそう思っているんです」

馬車の外を眺めながら、フレイダは幸せを噛み締めるように頬を緩める。しばらくの沈黙の後、ネラは彼を見えない瞳で見据えて言った。

「フレイダ様は……私の中にどなたの姿を重ねていらっしゃるのですか？」

「え……」

フレイダはわずかに目を見開く。

ずっと、フレイダに違和感を覚えていた。初めて出会い親切にしてくれたときも、一目惚れしたと打ち明けられたときも、占いに通うようになったときも。彼の愛情は、本当にネラに向いているのか――と。

(私にはフレイダ様の気持ちが……分からない)

たまに、ネラではない別の誰かを思い出すような態度や発言をする。時々会話が噛み合わないのは、別の誰かに向けた言葉だからではないか。今日も何度も違和感を覚えた。

そして歌劇場にいるとき、彼には他にとても愛している人がいると透視で知ってしまった。彼の中には別の女性の存在が深く刻まれている。

フレイダは少しためらいつつも口を開いた。

「初めてお会いしたとき、探している女性がいると言ったのを覚えていますか？」

「……はい」

彼にはずっと探している女性がいて、その女性らしき人物を見つけたと言っていた。

彼の心が向いているのはその人であって、自分ではないのではないか。

続く言葉を覚悟し、ネラはきゅっと唇を無意識に引き結ぶ。

「俺が探していたのは、ある方の——生まれ変わりなんです。信じられない話かもしれませんが、俺には前世の記憶があります。俺の前世はライン侯爵家の先祖で、ヴェルシア教皇国の司教枢機《すうき》卿《きょう》をしておりました」

「まさか、あなたのお探しの相手は……」

「裏切りの聖女と言われている、アストレア聖女聖下です。彼女の最期を看取り、死の真相を言い伝えたのは——俺です」

「…………！」

ネラは言葉を失った。アストレアはとっくの昔に死んでいるが、その生まれ変わりならここに。

思わず、持っていた杖を手から滑り落とした。

「あなたは恐らく、彼女の生まれ変わりでしょう。その透視能力も瞳孔が光る瞳も、紛れもなく聖女の証です。そう言っても、すぐには信じてはいただけないかと思いますが」

「…………」

ご名答。確かにネラは彼女の生まれ変わりだ。恐らくフレイダは、その瞳や能力から、ネラがアストレアの生まれ変わりであることに気づいたのだろう。初めて会ったとき、瞳が綺麗だと褒めたのも、アストレアの存在を思い浮かべた上でのものだったのだ。

けれどネラは、アストレアだったときのことは覚えていない。

（フレイダ様は、私を通して別の女性を見ていた……。やっぱりこの人が愛しているのは、私ではない。この人が求めてやまないのは、私ではなく……アストレア）

そう解釈したことで、ネラの淡い期待はぽっきりと折れてしまった。

アストレアは、汚名を被っても国のために尽くした気高い聖女だが、ネラは違う。取り柄といったら占いくらいで、婚約者や家族にさえ愛想を尽かされてしまうようなつまらない人間なのだ。フレイダに好きになってもらう要素はない。

「フレイダ様のおっしゃったことは信じます。確かに私はアストレアの生まれ変わりかもしれません。でも、彼女として生きていた記憶はありません。私の中にアストレアを探したところで、無駄なことですよ」

「きっかけはアストレア聖下でした。ですが今は……ネラさんのことを慕っております」

優しい声でそう告げられる。でもネラは納得できなかった。

（そんなの嘘よ。私なんかを好きになってくれる人なんていない。いるはずがないわ）

これまで家族に蔑《ないがし》ろにされてきた心の傷が疼《うず》くのを感じながら、胸を押さえる。

「私は……フレイダ様にそんな風に思ってもらえるような人間ではありません。きっと……あなたの足を引っ張ってしまいます」

今日だって、一日中フレイダに介助してもらっていた。こんなに大変なことをずっとさせたくない。それに、いつか愛情が冷めて、「もう支えられない」と手を離されてしまうのが怖い。クリストハルトのときに、その痛みは散々味わったから。

けれど、なおもフレイダは、臆病なネラごと包み込むかのように言葉を重ねる。

「足を引っ張られるなんて思いません。もっと寄りかかってほしいくらい」

頼ってほしいと言ってもらえたのは初めてで、ネラの目頭が熱くなる。今までなんでも自分ひとりで抱えて、自分でなんとかしてきた。誰かに手を差し伸べてもらえることが、こんなにありがたいことだったなんて。

でも、怖い。誰かに寄りかかったら自分が弱くなってしまう気がして。そうしたらもう二度と、ひとりで生きていけなくなる気がして。

「違う……っ。あなたが慕っていらっしゃるのはアストレア聖下です。私は全くの別人……。私にアストレアの面影を探しても辛くなるだけです……！」

いつか手を離すつもりなら、いっそ最初から優しくしないで。誰かに期待するのも、信頼するのも、怖い。

普段は冷静沈着なネラとは思えぬ狼狽《うろた》えた様子で、ぎゅっと膝の上で拳を握って続ける。

「もう、お会いするのはこれきりにしましょう」

馬車が止まり、御者がバー・ラグールに到着したことを告げる。早くこの場から逃げたいという一心で、そっと腰を上げて扉を開けようとネラが手を伸ばすと、フレイダに腕を掴まれた。

「待って！　……そのような泣きそうな顔をしているあなたを、このまま帰せません……！」

引き止められたまま、震える声で哀願される。

「目にゴミが入っただけですから」

「強情な人だ。ネラさんは、何をそんなに恐れているのですか？」

「……」

孤独、寂しさ、誰かに裏切られること。怖いことはいっぱいある。いつか傷つくくらいなら、最初から期待しないでいた方がマシだ。

だから、ひとりでも平気だと強く振舞う分厚い皮の下に隠している、弱い心を暴かないで。

「……あなたが……喪失を乗り越えていけることを願っています。ごめんなさい。さようなら」

ネラは誰かに頼ることに慣れていない。甘える方法を知らない。愛情の受け取り方も分からない。だめなところばっかりだ。

そっとフレイダから離れて、杖を拾う。涙を見せないように唇を引き結んで、逃げるように馬車を降りた。

座席に取り残されたフレイダは、潤んでいたネラの瞳を思い出して寂しげに目を伏せた。

「またあなたはそうやって、なんでもひとりで抱えようとなさる。……また、俺のことを頼ってくださらないのですね」

その呟きは、ネラの耳には届かなかった。

◇◇◇

クリストハルトがネラを忌まわしく思うようになったのは、もう随分と昔のことだった。

ネラとは生まれたころから政略結婚が定められていたが、家が定めた相手と結婚すること、それ自体には何ら不満がなかった。

彼女に初めて会った日のことはよく覚えている。長いまつ毛が縁取るサファイアの瞳を見て、『いい商品になりそう』と思ったのだ。

クリストハルトの実家――スチュアス伯爵家は、人身売買に関わっていた。クリストハルトは人間を物のように扱うことに優越感を持ち、更に人間を売って利益まで得られるということで、人身売買は興味を引く商売だった。だからこそ、そういう家系に生まれたのかもしれない。

ネラともしばらくの間は特に問題なく、それなりに良好な関係を築けていたとは思う。無口であまり笑わない娘だが、根は素直で優しく、真面目だった。もちろん、彼女に裏稼業のことを打ち明けることはなかった。

ただ、ネラの父親は実の娘である彼女を毛嫌いし、どこか畏怖の念を抱いている様子が気になっていた。頑なに、彼女と目を合わせようとしなかったのを覚えている。

ある日、クリストハルトがそんな彼女を敵視するようになる決定的な出来事が起きた。確か、ネラが十歳くらいのときのことだ。

「クリストハルト様。……そのような場所で、どうかなさったのですか？」

ボワサル邸を訪ねたとき、部屋の鍵を失くしてしまい、居間の棚の下を覗き込んでいたところだった。耳に降ってきた澄んだ声に反応して顔を上げると、ネラがこちらを見下ろしていた。

「ああ。失くし物をしてしまって、探していたんだ」

「では私も手伝います」

「い、いや結構だよ。ひとりで探せる」

実は、この屋敷に来る前に人身売買の現場に行っていて、言うことを聞かない奴隷を折檻した際に鍵に血痕が付着したのだ。拭かずにポケットにしまっておいたので、彼女に見られたくない。一応、彼女の前では真面目で清廉な婚約者として振舞っているから。

その刹那、ネラの瞳に浮かぶ金色の輪が煌々と輝き出した。

(な、なんだ……?)

現実離れした神秘的な煌めき。光が収まったかと思うと、今度はネラが衝撃的なことを口にした。

「その鍵なら、馬車の座席の毛布の下にありますよ」

「……!? ど、どうして僕が失くしたものが鍵だと分かったんだい……？」

まだ、鍵の「か」の字も言っていないはずなのに。急いで馬車に走って確認すれば、ネラが言った通りの場所に鍵は落ちていた。血痕をネラに見られないように、さっとポケットにしまう。すると、あとからついてきたネラが再び瞳の輪を光らせながら言うのだった。

「――喧嘩は駄目ですよ」

ネラは血痕すら見ずして、クリストハルトが暴力を振るってきたことに気づいていた。

彼女には――何かが視えている。

そうとしか思えないことが、目の前で起きた。ネラの光る瞳に射抜かれ、背筋がぞくりとして、全身に鳥肌が立つ。――それは、未知のものへの畏怖だった。慌ててネラの父親に確認すると、彼女は時々あんな風に瞳を光らせて、誰も知りえないことを口にするのだという。

(裏稼業を……彼女に見抜かれるかもしれない)

そのときから、ネラを見る目が変わったことは言うまでもない。クリストハルトは彼女の一言一句に警戒するようになった。とはいえ、ボワサル子爵家に婿入りするためには、ネラとそれなりに良好な関係を築いておかなくてはならない。そのため、ネラへの態度は親切に、そして彼女の瞳の変化に気を配り続けるという、大変に面倒な日々を送ったのである。

ネラが視力を失うころには、クリストハルトとネラの関係は冷えきっていた。

クリストハルトはリリアナが後妻との子としてボワサル家に転がり込んだことを利用し、警戒していたネラのことを追い出すと決めたからだ。ネラと結婚しようとも、リリアナと結婚しようとも、自分はボワサル子爵家の権利を手に入れることができる。それなら、不思議な力でいつ悪事を暴くか分からないネラより、リリアナの方がいい。彼女には不思議な力はなく、また単純なので扱いやすそうでもあったから。

クリストハルトが言い寄る前から、リリアナも自分に好意的だった。実は彼女もクリストハルトをネラから奪うつもりだったらしく、図らずもふたりの思惑は一致していたのである。

思い通りに事は運んでいき、これまでネラに気を遣い続けて溜まった鬱憤《うっぷん》を晴らすために、直接彼女を捌《は》け口《ぐち》にするようになった。あくまで、リリアナへ心変わりしたという体で。

「リリアナは愛嬌があって優しくて魅力的だ。……君も見習ったらどうだい？」

「………」

「彼女なら、心の中に土足で踏み込まれることを心配する必要もないしね。正直……君みたいな気味の悪い力と目を持つ娘より、リリアナを妻にできればどんなにいいかって最近は思っているんだ。もっとも僕と別れたら、君と結婚したいと思うような男は現れないだろうけどね」

「そんな言い方……傷つきます」

「傷つくも何も、単なる事実を口にしているだけだよ。君が勝手に傷ついただけだろう？」

思ったよりも鬱憤《うっぷん》が溜まっていたようで、次々に嫌味が口から出ていく。けれどネラに嫌われたところで、リリアナがいる限り自分の地位は固い。だから結婚相手はリリアナに替え、ネラのことを追い詰め、この家を出ていくように仕向けたい。安全に裏の仕事をし続け、ボワサル子爵家のことも手に入れるために。

「……以前はそのようなこと、おっしゃらなかったのに」

もうクリストハルトの心が自分にないと理解したらしいネラは、伏し目がちにぽつりとそう呟いた。

元々ネラは、人とは違う瞳や力に対する負い目を感じていたようで、責める度、彼女の自己肯定感はますます下がっていった。そしてとうとうネラは、クリストハルトからの理不尽な婚約解消にろくに反発もせず、家を出ていった。

全て、クリストハルトの目論見通りに運んでいる――はずだった。

◇◇◇

深夜の中央歌劇場。

公演で賑わっていた日中の面影が消えて、すっかり物寂しくなった会場に、ぽつぽつと人の出入りがあった。多くの人が外套を身にまとい、仮面をつけて身分を隠して、裏口で多額の入場料を支払って中に入る。

中央歌劇場では度々——『闇オークション』が開催される。

市場では出回らない品々が取引され、金さえあればどんなものでも手に入るのが闇オークションだ。

「こちらの娘をご覧ください」

「傷はないだろうね？」

「隅々までチェックしましたが、問題ありません」

「そう」

商品の女が囚われた檻を覗くと、ウェーブのかかった紫色の髪をした女が、後ろで手を拘束され、肩を震わせていた。オークションの主催者——クリストハルトは、鉄格子越しに女を観察する。

（紫の髪とは珍しいな。これはいい値がつきそうだ。それにこの瞳は——）

彼女の瞳には金の輪が刻まれていた。珍しいので需要はあるだろうが、元婚約者ネラと同じ、神々しくて不気味な瞳だ。

スチュアス伯爵家は、高利貸しなどの金融業で財を築いた一族だが、その裏では闇商売を行ってきた。クリストハルトは五人兄弟の末っ子で、このオークションの運営を任されている。

商品になるのは、いわく付きの宝や、絵画、武器、変わった薬など。美しい女は愛玩用として高く売れる。ただ可愛がられるだけならまだマシな方で、随分と特殊な性癖を持った客も玩具を求めてオークションにやってくる。

「君、名前はなんというんだい？」

「……ル、ルナー」

「とても綺麗な響きだ。見目もいいから、運がよければお金持ちに買い取ってもらえるかもしれないね」

鉄格子越しに、女と視線がかち合う。女は青ざめながら声を張り上げた。

「ここから出して……っ。お願いだから……ゼン！」

「ゼン……？」

ルナーは業者の男を見上げて懇願した。クリストハルトは後ろを振り返る。

(ああ、彼がここに連れてきたのか)

人身売買の売り手たちは、一般市民に紛れて商品の入手を行う。偽名を使ってターゲットに接近し、ひとりのところを拐ったり、割のいい仕事があると呼び出したり、あるいは気のあるフリをして口説いたり。

「ねぇ、どうしてこんなことするのっ!? いい仕事を紹介してくれるって話だったじゃない!」

「ああ。好色男の相手をするだけなんて、簡単な仕事だろ?」

「ひっ……」

ルナーは「ここから出して」と喚いた。頭に響く高い声が耳障りだったので、ゼンに黙らせてほしいと指示する。

「承知しました」

指示に従い、ゼンが檻の中に入る。そして女のみぞおち辺りに拳を入れて、気絶させた。

「今月は精が出るね」

「……金が必要なので」

「妹の具合は?」

「思わしくありません」

ゼンは、病気の妹の治療費を稼ぐために人身売買に手を出した。粗野な男だが、妹のことだけは目に入れても痛くないほどに可愛がっている。両親を早くに亡くしていて、たったひとりの家族がだからより愛情も深くなるのだろう。彼は見た目もよく口も上手いため、あの手この手で色んなところから若くて美しい娘を連れてくる。

けれど、妹の病は現在の医療では治療できない難しいものらしく、今は民間療法にハマっているとか。人身売買で金を捻出し、効き目があるのか分からない怪しい高額な薬を買って飲ませている。

傍から見たら騙されているようにしか思えないが、妹のために何かしてやりたいという必死の思いなのだろう。

（奇特な家族愛だね）

クリストハルトには、分からない感情だ。誰かを愛したことはない。家から命令された仕事をこなすだけの人生だったし、それを不満に思ったこともない。

気を失って床に倒れている女を眺める。確かに上物だが、ネラには劣る。

クリストハルトが最も美しいと思うのは、元婚約者のネラ・ボワサルだ。こういう仕事柄、美しいものを見て目が肥えているが、彼女の神秘さをまとう造形美は別格だった。

美しいものは好きだが、ネラのことは疎ましかった。

なんでも見透かす透視能力に加え、曲がったことが嫌いな実直な性格。誰に対しても、間違ったことには忖度《そんたく》抜きで口を出そうとする。その正義感の強さは、闇商売を行うクリストハルトにとっては脅威だった。いつか彼女が、クリストハルトと伯爵家の罪に気づくのではないかと、足をすくわれる気がして、ずっと気が気ではなかった。

だから、妹のリリアナを利用し、彼女をそそのかして婚約を結び直して、ネラを家から追い出した。

ようやく厄介払いできたと思っていたが、事情が変わった。

今日、この歌劇場でネラに会った。街の片隅でひっそり生きているかと思いきや、彼女は華やかに着飾って男と歩いていており、その相手が悪かった。

フレイダ・ラインは、侯爵家の中でも特に歴史が古く、格式の高い名家の当主。彼は王衛隊の一番隊隊長でもあり、商都リデューエルで頻発している誘拐事件について探るために王都から派遣された人物だ。

よりにもよって、フレイダとネラが交流しているとは。すぐにふたりを引き離さなければならないと思って声をかけたが、あえなく失敗してしまった。

(このまま放っておく訳にはいかないな、ネラ。あんな男と繋がらなければ手を出さないであげたのに。君はつくづく男運が悪い)

クリストハルトは冷ややかな声でゼンに言った。

「君に任せたい仕事がある。報酬は弾むよ」

「なんなりとご命令ください」

三章　裏切りの聖女の真実

フレイダとオペラに行った翌日。

(どうしてあんなに感情的になってしまったのかしら)

バー・ラグールのテーブル席で、ネラははぁと小さくため息を漏らす。力になりたいと言ってくれた彼の好意を踏みにじり、逃げてしまった。

(もうきっと、フレイダ様はいらっしゃらない)

自分の元に通わないのがフレイダのためだと、ネラは考えていた。

彼がどんなにネラにアストレアを重ねたところで、彼が慕っているアストレアはどこにもいないし、二度と会うことは叶わないのだから。ネラに会い続ければ、彼だって傷つくことになる。

しかし身勝手にも、自分からそう言ったくせに、もう会えないと思うと胸が張り裂けそうなほどに寂しかった。

店のドアベルが鳴って、来客を知らせる。今日はネラに緊急の依頼が入っていた。夫婦の相談者で、突如行方不明になった娘のことを占ってほしいとのことだった。

夫婦は重々しい雰囲気で向かいの椅子に座り、依頼料とは別に大金の入った包みを渡してきた。

依頼者の中には時々こうして『心付け』を持ってくる者もいる。食べ物やちょっとした日用品なら受け取るが、このような現金は一切受け取ったことがない。

「こちらをお収めください」

「……」

いくらお金を積まれたところで、占いの精度は変わらない。それにネラは、金額によって手を抜いたりしない。受け取ることを拒み、金の包みを手で押して夫妻の元に戻した。

「受け取れません。おふたりの気持ちは重々理解しております。お嬢様のことはしっかり占わせていただきますので、ご安心を」

「すみません……どうぞお願いします」

金を返された夫は、気まずそうに肩を竦めた。

依頼内容の詳細を問うと、妻が涙ながらに打ち明けた。

「娘のルナーが一週間前から行方不明になったんです。警察に相談しても、あまり頼りにならなくて……。近ごろは例の誘拐事件のこともありますし、娘は無事なんでしょうか。あの子は生きて……いるんでしょうか。……うう、ルナー……っ」

「しっかりしろ」

よろめいた妻の体を夫が支える。

(これはまた難儀な……)

責任重大な依頼だ。普段は恋愛相談が多いが、たまにこういう重い相談をしてくる人もいる。娘がいなくなって失意のどん底にいる夫婦が、ネラに一縷《いちる》の希望を見いだしてやってきたのだ。彼らの切実な思いが伝わってきて、どうにか力になってあげたいと思う。

（……感情的になってはだめ。能力が鈍る）

膝の上でぎゅっと拳を握り、小さく息を吐いた。透視の精度は、そのときの集中力に左右される。感情的になれば精度が落ちてしまうので、冷静にならなくては。

「では、お嬢様の生死と行方を占ってみます」

「……はい。お願いします」

夫妻は緊張した面持ちで占いを見守る。

ネラはどんな結果が出ても正直に伝えるようにしている。それがたとえ残酷なものであったとしても——だ。

そっと目を閉じて、透視を開始する。すると、紫色の髪をした若くて美しい娘が、豪奢《ごうしゃ》な屋敷にいるのが視えた。そのすぐ傍には小太りの中年の男の姿がある。指にごつごつした指輪がいくつも嵌められていて、いかにも成金といった風貌だ。

娘のしなやかな頬に男が下卑た笑みを浮かべて手を伸ばしたとき、ネラの全身にぞわぞわと悪寒が走った。まともな待遇を受けているようには思えないが、ひとまず生きていることは分かったので、そっと目を開けて告げる。

「お嬢様は生きておられます」

「本当ですか……！」

「はい。今から居場所を特定してみます。できなかったらごめんなさい」

ほっと安堵し、夫妻は手を握り合った。

とりあえずルナーは生きている。しかし、この屋敷はどこだろうか。

更に意識を研ぎ澄ませて、男の姿を視る。ぼやけていた輪郭が徐々にはっきり浮かび上がっていき、ついに顔が視えた。丸い顔に、白髪混じりの薄い髪。鼻の横の大きなほくろ。

(この方……知ってる)

一度、社交界の夜会で会ったことがある。確か、宝石商をしているオビエス男爵。商いで功績を上げ、叙爵《じょしゃく》されたばかりの成り上がり貴族だ。派手好きで、女遊びが絶えないと有名だった。

恐らくルナーは、何かの理由でアリリオの屋敷にいる。推測に過ぎないが、人身売買で売り飛ばされたのではないか。

意識を集中させ、ルナーが連続誘拐事件とは関係があるか問う。すると――

『ある』

目の前に『ある』という文字が視えた。

そして手錠をつけたルナーが、ステージでオークションにかかっている様子が映し出された。

「アリリオ・オビエス男爵の屋敷に軟禁されている可能性があります」

「そんな……どうしたら……」

通常、自警団は令状がなくては家宅捜索を行うことができない。しかも相手が貴族ともなると尚更で、貴族の家にいるなら泣き寝入りするしかない。しかし、もっと上の組織であれば、令状なしで男爵家を捜査することができる。

――たとえば、王家直下の警察組織王衛隊とか。

(フレイダ様なら、絶対に力になってくださる。あの方ならきっと)

もう会わないと言ったくせに頼るのはずるいかもしれないが、人命が関わっているのに四の五の言っていられない。

「王衛隊のフレイダ・ライン様をお訪ねになるといいでしょう」

「王衛隊、ですか?」

「はい。現在この商都リデューエルにフレイダ様の率いる一番隊が駐留されています。きっと力になってくださいます。私の名前を出せば、隊長のフレイダ様に面会できるはずです」

フレイダたちはこの連続誘拐事件を解決させるために、王都からはるばる派遣されてきたのだから、必ず動いてくれるだろう。

「分かりました。ありがとうございます、ネラさん」

期待を胸にバーを出ていく夫妻は帰り際、ネラにこう言った。

「ネラさんも、事件に巻き込まれないようにお気をつけください。娘はあなたと同じ不思議な瞳を持つ能力者だったので……」

「………」

(私と同じ瞳に、能力者……)

ネラと同じというなら、それは聖女の証だ。聖女は四人いて、ネラの預言を除くと、守護と浄化と治癒を司る聖女がいる。ルナーという娘にはどんな能力があったのだろう。けれど深く尋ねることはできず、「お気遣いありがとうございます」とだけ伝えた。

そしてルナーが無事に見つかることを願いながら、ネラは彼らを見えない目で見送った。

◇◇◇

最近のフレイダは絶不調だった。

歩いていて壁に額を激突させるし、階段を踏み外す。飲み物を飲み損じて服を濡らし、執務中に力加減を誤ってペンを十本以上握り潰してしまった。

いつでも冷静沈着で完璧な隊長の体たらくに、王衛隊の隊員たちは困惑を見せた。カイセルだけは「デート失敗したんすか?」「占い師にフラれたんすか?」などとへらへら笑ってきたのでぶちのめした。

そんなある日、屯所にある夫妻が訪ねてきた。

ネラ・ボワサルの名前を出してフレイダに面会を求めた彼らに話を聞くと、行方不明になった娘の行き場所を彼女に占ってもらったとか。

「分かりました。すぐにそちらに調査に向かいましょう」

「え……占いのこと、信じてくださるのですか?」

「はい。その占い師の言葉なら」

部下たちは占いに懐疑的だったが、フレイダは夫婦の頼みを受け入れ、オビエス男爵家を調査することにした。

ネラの言うことなら嘘であろうとなんでも信じるし、ネラの頼みならなんだって聞きたい。彼女はこの夫妻を助けたくて、フレイダを頼ったのだ。それならば、何がなんでも力になるしかない。

王衛隊は、王権を駆使して令状なしで国内のあらゆる場所を捜索することができ、貴族の家もその例外ではない。

今日は部下のカイセルらを連れて、オビエス男爵が過ごしている邸宅に向かっていた。

「占いを信じて男爵家捜索したって、被害者は見つからないっすよ」

「見つかる」

間断なく答える。馬鹿にしないでほしい。彼女の力は神から授かった偉大な預言の聖女の力であり、今までに一度だって外したことはないのだ。

「あーはいはい。そんなにすげぇなら俺も隊長をフッた美人占い、ぜひとも試してみて～」

カイセルはやたらとフラれたというところを強調してくる。相変わらず上司相手にも、馴れ馴れしい態度だ。

「まだフラれた訳じゃない。会うのを拒絶されただけだ」

「それをフラれたっつーんですよ」

「あとお前はネラさんに会うな。馬鹿が伝染るからな」

「パワハラやめろ。てかそれ言ったら、隊長の性悪が伝染っても大変じゃないすか～。あと空気読めなくて話がくそつまらなくて薄情で冷血でサイコパスなとことか！」

「お前は上司に対する尊敬なんて一切ないらしいな」

「ありますよ！　たとえば、人殺せそうなメシ作るとことか逆に憧れてるっす」

「…………」

料理をすることは好きだが、作る料理は全て黒い塊になるし、腕を奮った料理を振る舞う度、口にした者たちは泡を吹いて失神する。

「そんなに食いたければ、任務が終わった後で存分に食わせてやる」

「嫌っすよ。俺まだ死にたくねぇし。あんなもん家畜でも食えねーっつの。炭かよ」

「……カイセル」

「わっ、冗談冗談！」

フレイダが威圧的に睨みつけると、カイセルは降参の意を示すかのように両手を掲げた。

「ネラさんは俺の手料理を食べたいと言ってくださった」

「うっわ……マジで死にますよその人。隊長の手料理とかどんな罰ゲーム。炭かじった方がマシだわ」

「決めた。後でお前を食材に煮物を作る。お前は一回炭になっておいた方がいい」

「それ遠回しに死ねって言ってます？　つか自分で炭って言ってるし」

しかし、ネラが自分の手料理でお腹を壊しでもしたら大変なので、不本意だがここは生意気な部下の助言を聞き入れ、手料理を振る舞うのはやめておくとしよう。

馬車の窓の外を眺めると、見慣れた街並みをちょうど通過した。この道は、初めてネラと出会ったときの道だ。もう少し進んだところにバー・ラグールがある。

『もう、お会いするのはこれきりにしましょう』

ふたりで出かけたあの日、ネラに言われた言葉を思い出す。今にも泣いてしまいそうだった彼女の表情が鮮明に焼き付いている。

（ネラさん……もう本当に俺とは会ってくださらないのですか）

◇◇◇

フレイダの前世の記憶。

それは、ラケシス王国に併合されてしまったヴェルシア教皇国の司教枢機卿《すうききょう》ミハイルだったときの記憶だ。

ラケシスの軍が侵攻してきて、ヴェルシアが滅んだのは三百年前のこと。

ヴェルシアは、神力を扱う教皇や四人の聖女、神官たちが治めている平和な国だった。ミハイルは第二教区を治め、四人の聖女のうちの『預言』を司るアストレアの庇護役でもあった。アストレアは普段は神殿と第二教区の教会を行き来して過ごしていた。

とある日の教会にて。

「先ほどのご夫婦、とても感謝して帰っていかれましたよ」

「……そう。早く足の怪我が良くなるといいわね」

先ほど、アストレアの元に足を怪我した男とその妻がやってきた。他の聖女たちは庶民を相手にしないが、アストレアは神殿には内緒で、透視能力を庶民に対しても惜しみなく使った。

その男は、農村には医者がいなくて治療を受けられないが、いつごろ足が治るのか相談に来たのだった。アストレアは親身になって、早く治すための過ごし方を答えていた。

(なんてお優しい方なのだろう。さすがはアストレア聖下。こんな方にお仕えできて俺は果報者だ)

彼女の後ろに控えながら内心で誇りに思い、付き従う喜びを噛み締めていたのだった。

ふいに、仏頂面を浮かべているアストレアを笑わせてみたくなる。

「医者に頼れないなんて気のドクター……ですね」

「………」

くすりとも笑わないどころか、半眼を向けられる。

アストレアは笑わない娘だった。いつも悟ったような表情をしていて口数も少なかった。神の代行者として言葉を預かり、人々の未来を見透かす預言の力は、他の聖女たちとは一線を画す。

神の代行者——預言の聖女の器として、彼女のような冷徹さが求められる。三年ほど仕えてはいるが、彼女は一度たりとも笑ったことがなく、実は人形か何かではないかと思ったこともある。冷徹に自分の務めを遂行する彼女に憧憬を抱きつつも、笑顔を見たいという欲望を秘めていた。

「あなたはいつも、そうして寂しそうな顔をなさいますね」

「今のはあなたの冗談がつまらなかったからよ」

「え」

自分ではかなり面白いと思っていたのだが。間違いなくウケると思ったのだが。

しゅんと項垂れるミハイルの反応は、アストレアには見えていない。

「私の目はね、見たくないものも見えるの。すれ違う人たちの黒い心の中とか、家族の寿命、国や世界の終焉まで。なんでも分かってしまう人生なんてつまらないでしょう？　たまに……心が凍ってしまいそうになる」

「………」

畏れ多くも、ミハイルはアストレアのことが好きだった。聖職者は生涯独身でなければならないし、色恋沙汰は禁じられている。それに相手は、国を治める四代聖女のひとり。神に近い存在とただの司教では、あまりに身分差がある。叶わない恋だということは重々承知していたが、崇敬し、恋い慕っていた。

(それでも、力になってさしあげたい。俺の全てを賭けてでも)

恋人ではなく、忠実な部下として。よき友として。それなら神だって許してくれるだろう。

アストレアは優しいが、自分にだけはあまり優しくない人だった。彼女も若い娘だから、年相応にやってみたいことがあっただろう。しかし仕事ばかりで、他の聖女たちのように遊ぶこともなかった。遊んでいる聖女たちを責めているのではなく、ただアストレアも、もっと肩の力を抜いて気楽に生きてほしかったのだ。

彼女は、神殿の上層から理不尽なことを言われたり、許容量以上の仕事を押し付けられても、不満を言わずに淡々とこなしていた。時々ミハイルが上層部に対し、アストレアに負担をかけすぎではないかとこっそり詰めることはあったが、彼女自身は泣き言ひとつ口にしなかった。

それが――心配だった。他人の感情には寄り添うのに、最も肝心な自分の感情には寄り添えていないということだから。何が好きで、何が嫌いで、何をしたくて、何をしたくないか。そんな当たり前のあらゆる感情に蓋をしているのは、人として不自然だ。

そのような不自然な状態になってしまったのは、預言の聖女という立場に居続けたせいだろう。自分の心を封じていなければ、やっていけなかったのだ。

「俺にもあなたの苦しみを分けてください」

「え……」

「あなたが辛いときは、一緒に抱えます。だからおひとりで悩まないで、寄りかかってください」

「…………！」

アストレアは美しい金の輪が浮かぶ青い瞳を見開いた。

（なんて可憐な……）

ミハイルがその瞳の輝きに見惚れた直後、彼女が初めてふっと笑いかけてくれた。三年の付き合いで初めて見た笑顔は、どんな花が咲くより華やかで、頭上の陽光より眩しかった。

普段のつんと澄ました表情も洗練されていて美しいのだが、笑顔は年相応のいとけなさを感じさせるもので、あまりの愛らしさに、必死に堪えなければ口から心臓、いや——五臓六腑が飛び出してしまいそうだった。

「ありがとう、ミハイル。すごく嬉しい」

このとき、何があっても自分は彼女の味方でいて、彼女のことを守り続けようと決意した。

「聖下のことを何があってもお守りいたします。あなたを苦しめる不届き者がいれば、必ずやこの手で八つ裂きにして家畜の餌にしてみせましょう！」

「怖い」

「この命ある限り、あなただけの忠実な騎士であり続けることを誓います……！」

「わ、分かったから。近い、暑苦しいわ」

けれどもアストレアは、ミハイルのことを頼る気なんて更々なかった。ひとりで全てを背負い——悲劇の死を迎えるのだから。


アストレアはヴェルシア教皇国が滅びの時を迎えることを、誰にも言わなかった。

当時の教皇は金のために国を売った。ラケシス王国の侵略が進んで、民衆の不満が募る中、あろうことかアストレアは「裏切り者は自分だ」と名乗り出た。

「なぜです⁉　あなたは国を裏切ったりするような方ではありません！」

「事実よ。前に言ったでしょう？　なんでも分かってしまう世界はつまらないって。だから、壊してしまおうと思ったの」

「そんな嘘が俺に通用するとでも？　ずっとあなたのお傍でお仕えしていた俺を見くびらないでください！」

彼女はそんなことをする人間ではない。誰に対しても分け隔てなく能力を使う、優しい人だ。たとえ国中がアストレアを裏切り者だと糾弾しても、自分は味方でいる。たとえ本当に彼女が裏切り者でも、自分だけは見放したりしない。

そんなミハイルの覚悟も虚《むな》しく、彼女は頼ってくれなかった。

アストレアはひとり教会に留まり、暴徒たちが押し寄せてこようとも逃げようとしなかった。

「ミハイル。襲撃が来る前に早くこの教会を去りなさい。じきにここは陥落する。あなたも死にたいの？」

「嫌です。俺も残ります」

「聞き分けの悪い部下ね。最後くらい主人の言うことを――」

ミハイルはアストレアの腰をぐいっと抱き寄せた。頬を片手で押さえて自身の唇を、彼女の形のいい唇に押し当てる。

「……！　あなた……な、何を、やめ――ん」

アストレアは突然のキスに目を見開いた。抵抗して離れようとする彼女の頭を引き寄せて、もう一度深く口付ける。こんな無礼が許されるはずはないと思いながら、頭を押さえて自由を奪った上で、情欲をぶつけるかのように荒々しく唇を奪っていく。

「…………っ」

深い口付けに、アストレアは白い顔を赤く染めて俯いた。取り付く島がなかった彼女だが、ようやくそこで落ち着き、こちらの話を聞く姿勢を取ってくれた。

「主人を置いて逃げる部下がどこにいますか。あなたを失うことに比べれば、死ぬことなど怖くありません。それに言ったでしょう？　苦しみは一緒に抱えると」

「一緒に死んでほしいと頼んだ覚えはないわ」

そう言ってすぐ、アストレアははっとして後ろを振り返った。扉の奥から敵襲の気配がする。

「逃げて、ミハイル……！　私を置いてあなただけでも。お願いだから……っ」

ミハイルは首を横に振り、剣を引き抜いた。そして切っ先を扉の方へ向ける。

「決して死なせません。――俺が守ります。必ず敵の首を全てあなたの御前に捧げてみせましょう」

最後の瞬間まで、この身の全てを捧げて美忠を尽くす。たとえ手を斬り落とされても、足がもがれても、最後まで。

剣を構えた直後、教会の扉がばんっと開け放たれ、複数の暴徒たちが流れ込んできた。

『裏切りの聖女』に制裁を下そうとする者たちだ。武装集団の中には、鍬《くわ》やとんかちを持った一般市民も紛れている。そこには、以前足を怪我して相談に来た男の姿もあった。

（薄情な奴らめ）

これまでずっとアストレアは民衆のために奉仕してきたのに、ひどい仕打ちだ。

しかし、戦で疲弊しきった民衆はまともな思考などできない。悪者をつるし上げて罰することで、鬱憤《うっぷん》の捌《は》け口《ぐち》にしているのだ。

ミハイルはアストレアを守るために必死に剣を振るった。

「くっ……なんだこいつ……化け物かよ」

「裏切りの聖女め。とんでもない忠犬を飼い慣らしてやがった。いや、こいつは狂犬だ！」

四方から降り掛かる剣撃をあしらい、敵を次々と昏倒させていく。たとえ何人向かってこようとも、ミハイルの頭にはアストレアを守ることしかなかった。

「――彼女には指一本、触れさせない」

目に尋常ではない殺気を滲《にじ》ませたミハイルに、暴徒たちは萎縮する。しかし、いくら実力があるとはいえ、神力も体力も限界がきており、神力をまとわせた光り輝く剣は光を失いかけている。

「危ない、ミハイル……！」

神力の枯渇を自覚した直後のこと。

一瞬目眩がして隙ができたミハイルに、後方から攻撃が来た。

かわせない、そう思ったとき、アストレアが自分の代わりに胸を貫かれていた。

「アストレア聖下！」

反射的に、アストレアを傷つけた男を薙《な》ぎ払い、男は地に倒れ込んだ。その男が最後の暴徒だった。

「聖下、アストレア聖下……！」

「……う、……っ」

その場に崩れ落ちていく彼女を抱き支える。

急所を貫かれていて血が止まらない。どうしよう、どうしたらいい。このままでは彼女は──死んでしまう。

(なんてことだ。どうして俺なんかを庇ったんだ、アストレア聖下……っ!)

これでは、自分がなんのために闘ったのか分からないではないか。ミハイルの存在意義は、アストレアを庇護することだった。そのために日々鍛錬し、彼女の剣となり、盾となることを志として生きてきたのに。あと少しのところだったのに、とんだ体たらくではないか。

アストレアはミハイルの腕の中から血で塗れた手を伸ばし、優しく頬を撫でてくる。

「ごめん……なさい。ちゃんと守ってもらえなくて。ひどい怪我だわ。私の、せいね」

弱々しくて震えた声がそう呟く。今にも死んでしまいそうなのに、アストレアは自分の神力を全てミハイルに注いだ。温かくて優しい神力が、痛みを和らげてくれる。

ミハイルは胸からハンカチを取り出して、止血しようと無我夢中で患部を押さえた。けれど、赤い血が溢れてくるばかり。

「しっかりしてください、聖下……っ。今、人を呼んできます」

「無駄……よ。もう……助からない。どの道、裏切り者の居場所はこの国にはないわ。これで……いい」

「居場所ならここに。俺の隣を居場所にしてくだされればいいじゃありませんか!」

ずっとふたりで持ちつ持たれつやってきたのに、今更ひとり取り残さないでほしい。

アストレアのか細い手を強く握り締め、必死に訴えかける。

「だめだ、俺を置いて逝かないで……。あなたがいなくなってしまったら、俺は生きていけません」

「そんなこと……言わないで。生きて幸せに……」

元々蒼白な顔から、更に血の気が引いていく。今にも命の灯火が消えてしまいそうだ。

「そんな……なぜアストレア聖下ばかり、このようなお辛い思いを……」

「こうして可愛い部下の腕の中で眠ることができて、それだけで……幸せよ」

アストレアの美しい顔に、ミハイルの零した涙が堕ちる。

ミハイルは彼女がもう助からないことを受け入れた。せめて少しでも安らかにあの世に行けるようにと、ぎゅっと手を握って微笑む。

「あなたが眠るまで、お傍にいます。だから安心して、ゆっくりお休みください」

「必ずまた会えるわ。……ごめんね」

――アストレアはそう囁き、事切れた。いつもは無愛想なのに、その表情はとても安らかで。生きている間は常に余裕がなく、緊張しっぱなしの状況だったのだろう。

本当は生きているときに、この穏やかな微笑みをもっと見せてほしかった。彼女が安らげる環境を作れなかった自分の不甲斐なさに、ミハイルはただ謝ることしかできなかった。

ミハイルはアストレアを教区内に埋葬した。最も愛する主人に庇われて、部下である自分だけが生きながらえてしまい、心は空っぽになってしまった。

その後の人生は、アストレアを想い、彼女を供養して過ごした。

彼女が『裏切りの聖女』として誹《そし》りを受けることが悔しくて仕方がなかった。けれど、教皇を信仰する民の心を守りたいという彼女の想いを継いで、真実は胸にしまった。

ミハイルは、彼女が最期に遺した「いつか必ず会える」という言葉を信じ続けて天寿をまっとうしたのだった。

◇◇◇

——そして今、フレイダ・ラインとして二度目の人生を生きている。三百年後に生まれ変わったのだ。ラケシス王国は、フレイダが知っていたころとは随分と様変わりして、神への信仰心もすっかり失っていた。しかし生まれ変わってもなお、フレイダはアストレアを想い続けていた。

王衛隊の任務で商都リデューエルに赴いたとき、ようやく彼女を見つけたのだ。

「お嬢さん、大丈夫ですか？　杖はこちらです」

道端に四つん這いになって、周囲から嘲笑を浴びながら杖を探す女性を見たとき、気の毒に思って声をかけた。そして顔を上げた彼女の瞳を見た瞬間、確信した。彼女がアストレアの生まれ変わりだと。

（ようやく見つけました。……聖下）

瞳に浮かぶ、神に選ばれし者の印。

アストレアと瓜二つの容姿。

何より、本能が彼女がアストレアだと訴えていた。

彼女は目が見えていなかった。預言の聖女は力の覚醒とともに失明するため、その特性を受け継いでしまったようだ。

杖を渡そうにも上手く受け取ることができない彼女にそっと杖を握らせると、彼女は安心したように肩を竦めた。

崇敬し、恋い焦がれていた彼女に触れたとき、比類のないほどの喜びと灼熱の想いが込み上げてきて、フレイダはそこに立っているのがやっとだった。平然を装って話していても、手は震えていた。

話を聞くと、ネラは妹に婚約者を奪われ、家を追い出されたらしい。

（どうしてまた、こんな辛い思いを）

国を守った偉大な聖女の生まれ変わりが、またもやこんなに苦労が絶えない人生を歩んでいるのが信じられなかった。

その日の別れ際、ありがとうと言いながら微笑んだネラを一目見たとき、胸が甘くときめいた。

（やっぱり、笑った顔が一番素敵です）

彼女の力になりたい。支えになりたい。

前世でアストレアに対して思ったことと同じことをネラに対して思った。

何もできないまま、アストレアを死なせてしまったことをずっと悔いていた。こうして再び会えたからには、今度こそ彼女の心を救いたい。自分がこの人を助けるのだとフレイダは決心していた。


最初は、ネラがアストレアの生まれ変わりだということがきっかけだった。けれど、前世がどうだとかそういうことを全部取っ払って、ネラ・ボワサルというひとりの女性に惹かれていくのに、それほど時間はかからなかった。

バー・ラグールの常連客となって、ネラの元に通うようになったある日。

「フレイダ様。もしかして……左手に怪我をされていませんか？」

「は、はい。よくお分かりになりましたね」

「なんとなく重い感じに視えたので、そうなのかなと」

席に着いて早々、左手の甲の怪我を指摘された。ネラは目が見えていないが、不思議な透視能力で普通は見えないものが視えたりする。左手の傷もちょうど袖に隠れて見えないはずだが、彼女は気づいた。前世でもよく、アストレアの神秘的な力で疲労や怪我を見抜かれ、驚いたものだ。

そんな、はるか昔の記憶を懐かしみながら言う。

「はい。実はここに来る途中、猫を構っていたら引っ掻かれまして」

街道の脇にネラを思わせる白い毛とサファイアの瞳をしている猫を見つけたのだと説明する。白く愛らしい猫に、ついネラの面影を重ねて手を伸ばしてしまったのだ。残念ながら猫には嫌われたようで、手の甲には大きな引っ掻き傷ができている。

「私に似た、猫ですか？」

「とてもよく似ていました。もちろん、ネラさんも可愛いですよ」

「……にゃー、なんて」

するとネラは、両手で猫の手を作っていたずらに小首を傾げた。猫の真似だろうが、あまりの可愛さに雷に打たれたような衝撃を受ける。前言撤回。あの猫には非常に申し訳ないが、フレイダ調べによれば、ネラが世界で一番可愛い生き物である。

フレイダの記憶する限り、アストレアは冗談を言うような人ではなかったが、こんな可愛らしい冗談を言ってくれるネラが、とにかく愛おしくて仕方がないのは確かである。

暫定一位の可愛さに打ち震えながら、フレイダは感謝の意を述べる。

「ありがとうございます」

「お礼？」

なぜ礼を言われたのか分からないネラは、きょとんと不思議そうに小首を傾げる。その仕草もまた――

「かわ――ンン。こほん、失礼」

つい弾みで可愛いと言いかけたが、あまりしつこく言っても困らせてしまうと思い、なんとか咳をして誤魔化した。そんなフレイダの気も知らず、ネラは言う。

「では、すぐに消毒して手当てをしましょう」

ネラは椅子から立ち上がって、救急箱を取りに行こうとする。大した怪我ではないし、手間をかけるのは申し訳ないと引き留めようとすると、彼女は首を横に振った。

「傷口から菌が体内に入ると厄介ですから」

淡々とした口調の中に感じる優しさに、フレイダの胸に温かいものが広がる。彼女はにこりとわずかに微笑みながら、背を向けてカウンターの方へと歩いていった。一瞬見せてくれた笑顔に胸の鼓動は加速し、身体が熱くなる。

（また、笑ってくださった）

ネラはアストレアと違って、時々笑顔を見せてくれる。アストレアは常に無表情で、まるで作り物のようだと思うことが度々あった。一方のネラは表情がどこか柔らかい。

アストレアがたった一度しか見せてくれなかった笑顔を、彼女はぎこちないながらも何度も見せてくれるので、思う存分に堪能している。少し口角が上がるだけで辺りに花が咲き誇るような可憐な笑顔に、フレイダは虜《とりこ》になっていた。

「――手を、出していただけますか」

救急箱を持ってテーブルに戻ってきたネラに言われ、フレイダは目を皿にした。救急箱を持ってきてもらっただけでもありがたいのに、彼女に手当てしてもらうなんて、畏れ多いにもほどがある。

「結構です！　自分でやりますので！」

強い語気で断ると、ネラはなぜかしゅんと肩を落として寂しそうな声で言った。

「私に手当てされるのは……そんなにお嫌ですか」

どうやら今の言葉を、ネラ自身への拒絶と捉えたらしい。

フレイダは数秒前の己の発言、声音、態度の全てを猛烈に後悔し、自分を責めた。もし数秒前に戻ることができるのなら、自分の生命を賭けることすらいとわないだろう。

(俺はなんて愚かなんだ……！　あろうことか、ネラさんにこんな顔をさせてしまうなんて)

フレイダはあわあわと四方に冷や汗を飛ばしながら弁明を試みた。

「そ、そうではありません……！　ネラさんの手を煩《わずら》わせるのが申し訳ないという意味で、断じて、嫌という訳ではありません！」

「そう……ですか。私こそ勘違いしてすみません」

ほっとした様子のネラを見て、フレイダも安堵する。彼女は基本的に無表情で感情が分かりにくいが、全く機微がなかったアストレアとは違う。表情や声色に多少の変化があり、そこから感情を読み取ることができる。

安堵にゆるんだ表情を引き締め、ネラは玲瓏《れいろう》とした声で言った。

「では、手を出してください」

「…………」

「遠慮なさらず。私がしたくてするんですから」

どうやら、自分が手当てをするという意志は変わらないらしく、とうとうフレイダは観念して手を出すことにした。ネラは手探りで、ゆっくり丁寧に手当てをしてくれた。フレイダも彼女の目が見えていないことをよく理解しているので、急かしたりしない。

「傷口はもう少し上です。はい、そこです」

傷口を水でしっかり清めて消毒してから、軟膏を塗って包帯を巻いてくれた。彼女の心遣いが嬉しくて、また胸が温かな感覚で満たされる。

フレイダは手当てを済ませて救急箱を閉じようとするネラの手を止め、そのまま彼女の手を引き寄せて言った。

「ネラさんも手、怪我していらっしゃいますよ。新しい傷みたいです」

「ああ、実はフレイダ様がお越しになる前に、カウンターの角でぶつけて……。でもこのくらい平気です。放っておけば治りますので」

「そういう訳にはいきません。俺がやりたくてやるだけなので、どうぞお構いなく。ほら、手をちゃんと出して」

「……はい」

ネラはなんともいたたまれない表情で、おずおずとテーブルに手を載せた。先ほどまでと立場が逆転し、おかしくなってふたりでふっと笑い合う。

「ふ。私たちふたりして、何してるんでしょうね。おかしい……っ」

「ははっ、本当に……」

(ああ、なんて楽しいんだろう)

彼女とたわいないやり取りをしたり、冗談を言って笑い合ったり、彼女の一挙一動に振り回されたりできているのが夢のようだった。誰かといてこんなに心が浮き立つのは、ネラをおいて他にはいない。彼女の一瞬の表情も逃すまいとし、目が釘付けになる。

なるほど、こういうのを世間では――恋というのか。

「あなたの好きなもの、苦手なもの、やってみたいこと、やりたくないこと。どんな些細なことでもいいから、教えてください。そしてもっと、色んな表情を俺に見せて。俺はあなたのことをもっと……いえ――全部知りたい」

「……っ」

そのとき、頬を朱に染めて恥ずかしがるネラを見て、フレイダは理解した。

（アストレア聖下とネラさんは……違う）

ふたりは置かれている立場も、境遇も何もかも違う。中身が同じだとしても、違う人間として生きているのだ。

ネラはアストレアと違って、国家に縛られて生きていくという制約がない。

だからこそ、人間らしい感情や表情を見せてくれるし、隙があるように見える。ただ、制約がないのに、彼女は窮屈に生きているように感じる。

自由の身なのに、その自由を謳歌しきれていないようだ。

ネラは感情に蓋をして、自分の本当の望みからまだ目を逸らしている。

それが前世の名残なのか、ネラ・ボワサルとして生きてきた今世で負った傷からなのかは分からない。

だが、彼女が何を抱えていたとしても、寄り添い続けたいという思いに変わりはない。

何度生まれ変わったとしても、自分はこの人に恋をするのだろう。

ネラの照れた表情を見ながら、フレイダはそんな風に思った。

◇◇◇

「隊長、あそこがオビエス男爵の屋敷らしいっす。あ～なんか腹減ってきた」

物思いに耽《ふけ》っていたフレイダは、カイセルに声をかけられて現実に意識を引き戻す。

「今から家宅捜索をするんだ。我慢しろ」

「やばい無理だ俺。腹が減りすぎて仕事できないかも」

「安心しろ。仕事ができないのはいつものことだ」

「あっ本当だ！　なら問題ないっすね、よかった～」

何がいいのかさっぱり分からない。問題しかないだろう。

皮肉のつもりだったが、カイセルは底抜けに前向きだった。

腹が減ったとやる気をなくしてしまったカイセルを引きずりながら、オビエス男爵邸を訪ねる。

最近建てられたばかりの屋敷は豪邸といえるものだった。

「アリリオ・オビエス男爵。この家を今から調べさせてもらう。いいな」

「はっ、はいぃ……」

突然の王衛隊の捜査命令に、アリリオはかなり動揺していた。行方不明になった娘を探していると伝えれば、顔が青くなっていく。

「見てくださいよ隊長～。悪趣味な壺！」

「声が大きい」

カイセルが、廊下に並んでいる高そうな壺を見て指を指す。

「部下が申し訳ない」

「い、いえいえ……。芸術品の価値は人それぞれ違うものですから、お気になさらず。……はは」

アリリオは機嫌を取るように引きつった笑顔を浮かべた。カイセルが失礼なことを言っても、へつらう態度を崩さない。

「この屋敷をお調べになっても、何も見つからないとは思いますがね」

「そうおっしゃる割には、顔色がかなり悪いように見えるが」

「そ、そのようなことはありません。はは……」

額に脂汗を滲《にじ》ませ、ハンカチで何度も拭っているアリリオの様子はいかにも怪しい。

(まぁ、女を囲うとしたら大抵場所は……)

「男爵殿、寝室を見せてくれるか？」

「申し訳ございませんが、ご容赦ください。体調を崩した妻が寝ておりますので」

あらかじめアリリオのことは調べてきているが、彼の妻は二年前に他界している。

恐らくルナーは寝室にいると見て間違いない。高級な壺を食い入るように眺めているカイセルの方を振り返り、アリリオの言葉を無視して淡々と指示を出す。

「寝室を探せ。見つけ次第被害者の女性を保護しろ」

「はいはーい」

馴れ馴れしい口調で返事をしたカイセルは、たったっと軽快な足取りで廊下を突き進み、手当たり次第に扉を開け放っていく。一方、だらだらと汗を流しながら俯いてしまったアリオを見て、ほぼ黒で確定だろうと思った。

「隊長～！　見つけました！」

まもなく、ある扉からひょっこりと顔を覗かせたカイセルが言う。

娘は無事だったのだとほっとすると、カイセルが手に壺を抱えて走ってきた。こちらに壺を差し出しながら、満面の笑みで言う。

「でっかい壺――って痛ぇ！」

拳で軽く頭を殴り、叱りつける。

「壺じゃない。娘はどうした」

「無事っすよ～もう。気が短いんすから」

壺を返してくるように言うと、彼はへらへらしながら部屋に戻っていった。フレイダは後ろに控えている部下たちに命じた。

「オビエス男爵を人身売買の被疑者として現行犯逮捕する。拘束せよ」

「御意」

オビエスのことを部下に任せて寝室へ入ると、行方不明者の特徴と一致する娘が後ろで腕を拘束された状態でベッドの上に座っていた。趣味の悪い桃色の薄手のナイトドレスを着せられて、目隠しさせられている。

「助、けて……」

こちらの気配に気づいた彼女が懇願する。

「もう大丈夫です。王衛隊があなたを保護します」

「……よかった。……ありがとう」

彼女の目を覆う布が涙に濡れた。

腰から剣を引き抜き、神力をまとわせてベッドの柱に繋がれた鎖を断ち切る。手の拘束具も同時に破壊した。神力をまとわせた剣は、普通は斬れない硬いものも斬ることができるのだ。

そっと身をかがめて、彼女に囁きかける。

「今、目隠しを解きますからね」

「は、はい」

目隠しを解くと、涙に濡れた瞳が露《あらわ》になった。その瞳にはネラと同じ金の光の輪が浮かんでいる。

まさか、この瞳を持つ人物がネラ以外にもいたとは。

それは紛れもなく神に選ばれた者の証だったが、フレイダがミハイルとして生きていたころの聖女とは別人のようだ。別の時代の聖女の生まれ変わりだろうか。

(手が震えている。余程怖かったのだな)

見知らぬ家に連れてこられて、見知らぬ男に弄ばれ、心の傷はどんなにか深いだろう。

「少し手に触れてもよろしいでしょうか」

「は、はい……」

震える手をそっと包み、神力を注ぎ込む。フレイダの神力には大した治癒力はないが、少しくらい心が楽になればそれでいい。

「……あなたも、治癒ができるの？」

「あなたも、というとまさか」

「はい。実は……私もなんです」

「………」

そう言って、彼女は手のひらに光を発現させた。拘束具で締め付けられて充血していたルナーの手首が、元の白さを取り戻す。なるほど、治癒の聖女の力を受け継いでいるらしい。

（……ネラさんの目も、治癒の聖女の力なら治るのだろうか）

そんなことを考えた。もし彼女の目が見えるようになったら、もっと楽しいことを沢山経験できるようになるな、と。

「安心したら私、なんだか眠くな……って……」

そう言い残した後、ルナーはあっという間に意識を手放した。フレイダは力が抜けてくたりと倒れてくる彼女の身体を受け止め、横抱きにして立ち上がった。目の下にくっきりとクマができていて、瞼が赤い。怖くてろくに眠れなかったのだろう。

「えっその子、死んだっすか？」

「眠っているだけだ。馬車へこのまま連れていく」

「……可哀想っす。こんなにやつれて」

カイセルはしおらしい様子で彼女の寝顔を眺めていた。

ルナーを抱いて廊下に出ると、部下とアリリオが揉めていた。アリリオは喚き散らしながら、投降を拒んでいる。

「た、頼む！　見逃してくれ、この通りだ……っ。欲しいものを言え。金か？　欲しいだけやろう」

「お、おい、暴れるな」

「い、嫌だっ、離してくれ……！」

往生際が悪いアリリオに部下たちは手を焼いている。そこで、フレイダの横を無言で通り過ぎていったカイセルがアリリオの腹を蹴りつけた。

「ぎゃーぎゃーうるさいっすよ。変態クソジジイ。さっきから耳障りなんだよ」

「ひっ……」

威圧的な眼差しにアリリオが悲鳴を漏らした。カイセルの迫力に、他の隊員たちも圧倒されている。

すると、カイセルはぱっと手を離して、いつもの軽薄そうな笑顔を浮かべた。

「なーんてね。あんまり言うことを聞かないと痛い目に遭わせるっすよ。今俺ちょっと機嫌が悪いんで」

「………うぐっ……ぁ」

言う前からすでに痛い目に遭わせている。執拗に腹部をぐりぐりと足で圧迫され、アリリオは苦しげに顔をしかめた。

「カイセル。その辺にしておけ。お前も罪人になるつもりか？」

「……分かったっすよ」

しぶしぶ、といった様子でカイセルはアリリオの腹から足を退けた。

カイセルは孤児で、かつては悪い組織から汚れ仕事を請け負って日銭を稼いでいた。仕事に失敗し、組織に消されそうになっていたところをフレイダが助けたのだった。

戦闘力だけなら同期の中で抜きん出ており、特に実践——人を殺すことに関しては随一だ。若いのに誰よりも修羅場をくぐり抜けてきていて、生意気だが、カイセルの強心臓はこの組織に向いていると思う。

「ようやく大人しくなったっすね。それじゃ、よっと——」

「う、うわぁ!?」

カイセルは中肉中背のアリリオをひょいと担ぎあげ、すたすたと歩き出した。

「隊長〜！　こいつのことは俺に任せてください。いいっすよね？」

「ああ。ほどほどにな」

どこか楽しそうに去っていくカイセルの後ろ姿を眺め、フレイダもルナーを抱きながら廊下を歩いた。

（やれやれ）

こうしてオビエス男爵家の家宅捜索は終わり、連続誘拐事件の被害者がひとり保護されたのだった。

四章　失踪した占い師

　ある日、バー・ラグールの上の階でネラが下宿させてもらっている一室に、リリアナが押しかけてきた。玄関を開けるなり強引に押し入って、部屋を見渡したのだ。

「久しぶりね、お姉様？　家を出されたのに意外と元気そうね」

「こんなところに何をしに来たの？」

「せっかく可愛い妹が会いに来たのに、その嫌そうな顔は何？　もっと歓迎してよね」

「…………」

　リリアナの言葉に、沈黙を返す。

　本当に可愛い妹なら歓迎するが、彼女は面倒事ばかり起こすし、自分を嫌な気分にばかりする厄介な存在でしかない。ここを訪ねてきたのも、ろくな用ではないと想像がついた。

「お金、貸してほしいの」

　ほら、やっぱり。散々毛嫌いしていた姉に会いに来る目的があるとすれば、金の無心くらいなものだろう。

　どうせ返ってこないことが分かっているので「貸す金はない」と答えると、リリアナは怪訝そうに眉間に縦じわを刻む。

「何よ、ケチ臭いわね。噂になってるわよ？　バー・ラグールの不思議な瞳を持つ占い師が人気になってるって。そんなの、お姉様しかいないもの」

あの家を出るとき、家族には行き先を言わなかったのに、どうやらその噂を聞きつけてこの店まで押しかけてきたらしい。

リリアナはネラの許可を取る訳でもなく、ドアからそのまま入り込んできて、部屋の中を物色し始める。

「へえ、案外いいところに住んでるじゃない。あ、このカーテンかわいい」

「ちょっとリリアナ。勝手に入らないで——」

「何、見られて困るものでもあるの？　やらしー」

「そういう訳じゃないけど……」

目が見えないため、部屋には掃除が行き届いておらず、飾り気がなく閑散としている。人に見せたいものではない。

あまりに非常識な振る舞いに、ネラは呆れて肩を竦めた。リリアナが探しているのは、金目のものだろう。以前透視したときに、危険な男に引っかかってお金を騙し取られているのが視えたが、まだその男との関係が続いていて、金を渡しているのかもしれない。

ボワサル邸で暮らしていたころも、財布から金を抜き取られることが度々あった。早く帰ってもらうためにいっそいくらか金を渡してしまおうか。それがリリアナのためにならないことは分かっているが、このまま居座られでもしたら困る。

（もうすぐ、仕事の予約が入ってるのに……）

時間になれば、メリアが迎えに来てくれることになっている。

「わあ……このドレス、素敵……」

クローゼットを勝手に開けたリリアナが、思わず感嘆の息を漏らしたのは――フレイダからの贈り物だった。庶民には到底手が出せない、上等なドレス。その滑らかな絹の手触りだけで、高価なものだと理解できる。ドレスだけではなく、それに合わせた靴や装飾品のどれもが素晴らしい。

その近くにラッピング用のリボンや箱が置いてあるのを見て、これらは全て贈り物だとリリアナは理解した。

「最近お姉様にかなりお偉いさんの上客がついたって聞いたんだけど、本当だったのね」

そんなことまでリリアナの耳に入っているなんて、街の噂とは恐ろしいものだ。それとも、家を出た姉のことが気になって色々と調べたのだろうか。

「それで？　どんな人なの？」

「……王衛隊の方よ」

答えるまでしつこく聞いてきそうなので素直に答えると、リリアナは目を見開いた。

「王衛隊!?　本当にエリートじゃない。どうしてお姉様なんかを気に入ったのかしら」

「……」

ネラ自身もフレイダがどうして親切にしてくれるのか分からない。本当は自分のことをよく思っているのではなく、単にアストレアと重ねているだけではないかと、そう思う度にネラの心に黒い影が差していく。

他方、リリアナはドレスを引っ張り出して自分の身体に当て、満足気に鼻を鳴らした。

「このドレス、お姉様よりあたしの方が断然似合うわね。お姉様みたいな根暗には、明るい色は合わないもの。ね、これちょうだい？」

「駄目！」

いつもリリアナのわがままに従ってばかりだったネラは、反射的に強い語気で拒絶の意を示した。

それだけこのドレスは、ネラにとって大切なものなのだ。

「な……によ。こんなにいいドレスを持ってたって、どうせ着る機会なんてないでしょ!?　あたしの方がよっぽど有効的に使えるわ」

「それだけは譲れないわ。私にとって……とても大切なものなの」

ネラがこれまでになく切々とした表情で訴えると、リリアナは言った。

「お姉様……。まさか、その人に惚れてるの？」

「！」

そう問われた直後、ネラの顔はかっと赤くなった。

肯定する訳でも、否定する訳でもなくただ黙って立ち尽くしていると、リリアナの唇に嘲笑が浮かぶ。

「あっはは、馬鹿ね。お姉様みたいな人が相手にされる訳ないじゃない！」

リリアナの甲高い笑い声が耳に入るのと同時に、ずきりと重い痛みが胸に走る。

「今はただ、お姉様の珍しい力？　を面白がってるだけよ。そのうちに飽きてお店にも来なくなるに決まってる。お姉様はただの――遊び相手。そんな奇異な瞳でおまけに愛想もないのに、本気にされる訳ないじゃない。お姉様が人に好かれるようなところなんて、なーんにもないもの」

どうして、そんなにひどいことを言うの。どうして、何も悪いことをしていないのに私を貶《おとし》めるの。

反発する言葉は喉元で引っかかってしまい、声にならない。

リリアナの言葉が鋭利な刃物のように、無防備なネラの心にぐさぐさとただ突き刺さっていく。

そうか、やはり自分は誰にも愛されることのない無価値な人間なのか。

抵抗心は泡のように弾けて消え、リリアナの意見をすんなりと受け入れ、納得してしまう。

ドレスを取り返そうという気力も失われ、リリアナがドレスの箱を抱えて出ていくのを、見えない目で見送ることしかできなかった。

「う……ううっ……」

バタン、と乱暴にドアが閉ざされた直後、ネラはその場にうずくまって、わっと泣いた。何かの糸がぷつりと切れたように、堪えていた涙が溢れ出す。

この部屋には誰もいない。泣き声がうるさいと咎《とが》めてくる者もいなければ、励ましの言葉をかけてくれる者もいない。ネラはひとりぼっちだ。寂しい、寂しい。誰かに愛されたい。でも――

(私には、誰かに愛される価値なんて……ない)

光る瞳を持って、他人の見られたくない秘密を覗き見る力があって、愛嬌もない。きっと自分はこの先もずっと孤独なのだ。

そう思った瞬間、途方もない絶望がネラを襲った。

◇◇◇

バー・ラグールのカウンター席で、ネラはひとり小さくため息を吐いた。

あれから、泣き止んだころにメリアが仕事の始まりを告げに来た。赤く腫れた目を見て心配した彼女は今日は休むように言ってくれたが、予約してくれた客に申し訳ないので、重い身体を引きずるように仕事に向かった。

閉店後の店内で、メリアが気を遣って飲み物を出してくれた。客がいたら浮かない顔をする訳にはいかないが、今は店内にメリアと自分しかいない。

「目の腫れはだいぶ引いたようだね。迎えに行ったらあんたが泣き腫らした顔をしてるもんだから驚いたよ」

「……すみません」

メリアに謝罪した後で、再びため息を吐く。

「そう心配せずとも、単に仕事が忙しいだけじゃないのかね。ひと段落したらその内ふらっと来るさ」

事情を知らないメリアは、彼はまた来るからと慰めた。ネラの悩みがフレイダのことだというのは見え透いているらしい。オペラ鑑賞に行って以来、彼は一度も店に来ていない。自分から『もう来ないで』と言ったくせに、このところため息ばかり漏らしている。

俯きがちに、出してもらったグレープフルーツジュースを口に含む。こころなしかいつもより苦味を強く感じた。

「フレイダ様はもう来ることはありません」

「ええっ？　あんなに足繁くあんたんとこ通ってただろう。オペラの日、なんかあったのかい？」

こくんと頷き、グラスをカウンターに置いた。

「一体何があったんだ。話してみな」

相談しようにも、うまく言葉がまとまらない。言葉が出る代わりに、瞬きと同時に瞳から雫が落ちた。

「あんた……」

咄嗟に手で涙を拭う。

不器用ながら、ネラはぽつりぽつりと事情を語り始めた。

フレイダが愛しているのは亡くなった別の相手で、その面影を自分に重ねているだけなのだと。なんの取り柄もない自分は、あの人に好きになってもらうのにふさわしくないのだと。

メリアはネラのまとまらない話を、懲りずに聞いてくれた。

「本当にそれでいいと思っているのかい？」

「いいんです。これで」

いいはずだった。故人の面影を別人に重ねたって、フレイダのためにならないではないか。

「今自分がどんな顔してるか、分かってんのかい？」

「……」

「あんたはね、逃げてるだけさ。相手のためだとなんだかんだって言い訳しながら、自分が傷つくのが怖くて逃げてるんだ。愛情や好意を受け取り慣れていないせいで、戸惑い、突き放してしまった……。本当はそうだろう？」

メリアの言う通りだ。

「……その通り、です」

ただ、怖かった。

きっかけはアストレアだとしても、今はフレイダが自分のことを大事に思ってくれているのは、ネラにも分かっていた。

でも、いつか愛想を尽かされて彼が離れていってしまうのではないか。元婚約者や家族にそうされたように、いつか残酷に突き放されてしまうんじゃないか。自分なんかが、愛情を受け取ってしまってもいいのか。

そんなことを考えていたら怖くなって、自分の気持ちを押し殺して、彼の気持ちまで勝手に決めつけて逃げてしまった。

「愛される価値がない人間なんてのはいない。そんなもの、全部その人が生み出した幻想に過ぎないのさ。ただ、本当の望みと向き合うことを恐れて、そんな言い訳をして自分の幸せや心から目を背けているだけで……」

メリアは言った。

望みを叶えるために一歩踏み出すのは、怖いことだ。けれど、自分の望みに蓋をしたまま生きていくのは——もっと怖いことだと。欠点があったとして、それは愛される価値がないということとは結びつかないのだと彼女は強調した。

「あたしは太っているし、おばさんだし、あんたみたいに占いの能力もない。あたしには愛される価値はないと思うかい？」

「いいえ……！　そんなことはありません……！」

「だろう？　自分に愛される価値があるかなんて、自分の物差しで考える必要はないんだよ。あんたはあんた、あたしはあたし。何かが欠けている訳じゃなく、自然体のままでみーんな完璧なんだよ」

自分が自分のことを駄目だと決めつけていては、いつまでも苦しいまま。欠点があるから愛される価値がないと決めつけているのは、単に愛されたいという望みと向き合わない理由にしているだけだ。

「知らないだろう、あの男がいつも、どんな顔してあんたのことを見てるか」

閉ざされた瞳では、表情どころか彼がどんな顔立ちをしているかも分からない。

「愛おしそうに見つめてるよ。まるで、宝物でも見るように」

「宝物」

「そうさ。……ネラ。ここにあんたをがんじがらめにしていたしがらみはもうないんだよ。今、自分を追い詰めて呪ってんのは自分自身さ。もっと素直になりな」

メリアの労りに満ちた声に、目の奥が熱くなった。

(自分を追い詰めて呪っているのは、私自身)

今まで、自分の気持ちも自分という存在も否定するように生きてきた。気味の悪い力を持っていて、愛想のない自分は、誰にも愛されなくて当然なのだと。婚約解消されてからは、一層それが顕著になった。

でも、ネラを疎む家族はもういない。自分がまだあの家に囚われていたことに、ネラはようやく気づいた。

「……好きになっても、迷惑がられないでしょうか」

「それはあんたが一番よく分かってるんじゃないのかい?」

フレイダは、ネラが好きになっても迷惑がったりする人ではない。ネラが極端なほどに臆病になっているだけで。

「それに、肝心なのは相手に迷惑がられるかどうかじゃない。あんたが自分の気持ちを大切にできているかどうかだ」

「私は、私は……」

フレイダは後ろ向きなネラのことも否定せずに、温かく包み込んでくれた。ネラが今まで知らなかった人の優しさを、惜しみなく注いでくれた。

誰に釣り合わないと言われても構わない。たとえ、フレイダが自分に向けている愛情が別の誰かに向けられているものであっても関係ない。

（ただ――会いたい。フレイダ様に）

自分には欠点があるから愛されない、と自分で決めつけてうずくまっていても仕方がない。自分自身を認め、幸せにできるのは家族や他人でもなく――自分自身しかいないのだ。自分のことを否定し続けていたら、いつまでたっても幸せにはなれない。すぐに変わることはできなくても、勇気を振り絞って、小さな一歩を踏み出さなくては。

これまで、家族に蔑《ないがし》ろにされて辛い思いをしていたが、誰よりも自分のことを蔑《ないがし》ろにしてきたのは自分自身だったのかもしれない。自分の感情に寄り添わずに、蓋をし続けてきたのだから。

ネラは椅子から立ち上がり、決意を込めた声で言う。

「ありがとうございます、メリアさん。私……王衛隊の屯所に行ってきます」

「ああ。行っておいで」

もう夕方なので、ちょうど業務が終わるころだろう。もし仕事中でも、仕事が終わるまで待っていよう。

杖を片手に、ネラはバーを飛び出した。普段はひとりで外出することに抵抗があったけれど、今日はためらいがなかった。

◇◇◇

王衛隊の屯所は商都リデューエルの中心部にあり、バー・ラグールからは馬車で二十分ほどかかる。ネラは乗合馬車の停車場まで向かった。

午前中はずっと雨が降っていたから、まだ湿った空気の匂いがしている。たまに水溜まりを踏みながら、歩道の隅をゆっくり歩いた。

通行人の邪魔にならないように人通りの少ない細道を歩いていたら、急に後ろから声をかけられた。

「こんにちは、ネラ・ボワサル嬢」

「……どちら様ですか？」

聞いたことがない声だった。まだ若い男の声だ。男がこちらに接近してくる気配を感じた瞬間、透視能力が無自覚に発動し、リリアナと腕を組んで歩いている様子が頭の中を掠める。

(この人、リリアナの浮気相手だわ)

後ろ暗い仕事をしているから関わらない方がいいと、以前リリアナに忠告したのだった。

じりじりと詰め寄られ、数歩後退る。

何か嫌な予感がする。逃げなくては。

そう本能的に思った直後、口元を布で押さえられた。身体を後ろから羽交い締めにされて、身動きが取れない。

「っ!?」

「抵抗するな。大人しく寝てろ」

透視能力を使わなくても分かった。この男は自分を誘拐してどこかに連れ去るつもりだ。

「んん……!」

必死に身じろぎしたが、ネラのか弱い力ではなす術もなく。口にあてがわれていた布に睡眠薬が塗布されていたようで、一瞬のうちに気を失った。

(フレイダ、様……)

薄れゆく意識の片隅で、ネラはフレイダのことを思った。

◇◇◇

気がつくと暗い教会にいて、足を動かす度、足元でぴちゃぴちゃと水音がする。やけに血生臭くて、ネラは自分が血溜まりの中に立っているのだと理解した。

(また、あの夢)

そこは現実の世界ではなく――夢の中だった。いつも見る、裏切り者の聖女が暴徒に殺される夢。

騎士服の男が、白いローブを身にまとった若い女の亡骸を抱いている。すると彼がこちらの顔を見上げた。ぼやけていて顔がよく見えないが、彼はフレイダの前世だろう。

すると、ふいに声をかけられる。

「すみません。守って差しあげられなくて、なんの力にもなれなくて、申し訳ありません」

彼はアストレアと瓜二つのネラの姿を見て、それが別人だと気づいていないようだ。

涙を零しながら、切々と謝ってくる。震えるような彼の声を聞くだけで、こちらの胸が潰されそうなくらいに苦しくなってくる。

謝らないで。そんな風に自分を責めないで。泣かないで。――その涙を止めてあげたい。

どうしたら、とめどなく流れる雫を止められるのか分からなかったが、ネラは自然と一歩を踏み出していた。

「そんなことありません」

「そんなことがあるんです。あなたひとりに重いものを背負わせてしまった。何もかも、俺の責任です。俺にとっては、あなただけが――生きる意味の全てだったのに」

「…………」

苦しんでいたのは、自分だけではなかった。フレイダはいつも飄々《ひょうひょう》としていて、気丈に振舞っているけれど、大切な人を失って深い苦しみを抱えて生きてきたのだ。ネラは前世の記憶を全て忘れて、過去のことで苦しまずに済んだが、彼は前世の記憶を持つがゆえに、再び傷を受けることになってしまったのだ。

夢の中で、一度として笑うことがなかった預言の聖女。彼女もきっとネラと同じく、責任をひとりで抱え込んで、誰かを頼るすべを知らない不器用な娘だったのではないか。

（フレイダ様は何も悪くないのに……。アストレアは罪深い人間だわ。こんなに自分のことを心にかけてくださる人を置いて、自分だけ逝ってしまうなんて……）

そう考えたのはつかの間、ネラはすぐにふるふると首を横に振った。

国を守るために汚名を被って死んでいった非力な娘を責めることなど、一体誰ができるだろうか。

（……違う。フレイダ様も、アストレアも、誰も悪くない。ふたりとも一生懸命に生きていたことには変わりないもの）

「違います。アストレアがあなたに助けを求めなかったのは、きっと彼女が不器用だったから。誰かを頼ることを知らない孤独な聖女だったからです。あなたに責任はありません。あなたはいつも、私の励みになってくださっています。アストレアだって同じだったはずです。だから――」

眠っているようなアストレアの唇は弧を描いている。夢の中で見かける彼女はいつも無愛想だったが、今の顔はとても安らかだった。きっと、好きな人の傍で幸せに旅立ったのだろう。

今はただ、目の前にいる彼の傷を癒してあげたかった。ネラは、泣きじゃくる小さな子どもをあやすように、優しく、穏やかな声音で言う。

「お泣きにならないで。大丈夫、必ずまた会えます」

ネラにはアストレアとしての記憶はないけれど、それが喪失に直面した青年のわずかな希望になるならそれでいい。彼が望む形ではないかもしれないが、今だけは優しい嘘を吐かせてほしい。

そんな想いを込めて、ネラは彼をアストレアごと抱き締める。

「本当に……？」

男の顔は夢を見るときと同じでぼやけてはっきりと確認することはできないが、こちらをじっと見つめていることは分かった。

彼の涙で濡れた頬を撫でながら、優しく微笑みかける。その瞬間、また一筋の涙が男のしなやかな頬に伝う。そして、ぐっと喉を鳴らす音が聞こえた。

「ああ……なんて可憐なんだ。あなたにはやはり、笑顔が似合う。――アストレア聖下」

目の前にいる男が恋い焦がれているのは、国の存続のために命を賭した気高い聖女だ。対して自分は、なんの取り柄もない平凡な娘。

つきりとした胸の痛みと罪悪感に苛まれながらも、ネラは自分がアストレアであることを否定しない。

「遠い遠い未来でまた会いましょう。いつまでも待っていますから」

すると彼は伸び上がってネラの背を掻き抱き、胸に縋るように頬を擦り寄せた。

「忘れないで、俺のことを待っていてくださいますか？」

「もちろん。あなたの名前は？」


「――ミハイル」


そう答えると、男は安心したように微笑み、アストレアの遺体とともに光の粒になって一瞬にして消えてしまった。

手を伸ばしたが、彼に触れることはもうできなかった。

◇◇◇

「――きろ」

「……？」

「起きろ。ネラ・ボワサル」

強引に身体を揺すられて、目が覚める。両手には手錠がかかっていて、冷たい床の上に転がっていた。手のひらには白い騎士服の男の頬の感触が生々しく残っていたが、その夢の余韻に浸ることは許されなかった。

命じられるままに半身を起こして尋ねる。

「ここはどこなの？　あなたは……誰？」

「ゼンだ。ここは市井の中央歌劇場。人知れず夜な夜な闇商売が行われてんだよ」

中央歌劇場といえば、フレイダとオペラを観た場所だ。また、闇商売というと、以前占いで視た闇オークションのことかもしれない。フレイダがバー・ラグールを訪れたときに一度占いし、誘拐された女たちがどこかで売られている映像を見たが、まさか自分がその被害者になろうとは夢にも思わなかった。

「……私のことを売りに出すつもり？」

「ご名答。察しがいいな」

ネラは俯いて唇を噛んだ。目が見えないせいで、近づいてくるゼンに気づくことさえできず、呆気なく拐《さら》われてしまったのである。

ゼンは目の前にしゃがみ、こちらを舐め回すように上から下まで眺めて口角を持ち上げた。そして、ネラの顎を持ち上げて囁く。

「これは相当の上物だ。光る瞳を持つ美女にまたお目にかかれるとはな」

「…………」

（……また？）

また、という言葉に引っかかった。

それはつまり、気味が悪いと散々疎まれてきた自分と同じように、瞳孔に光る輪が浮かぶ者を見たことがあるということだ。以前、聖女の証を持つ娘が失踪したと夫婦が相談しに来たことがあったが、もしかしたらその娘のことを言っているのかもしれない。

ネラのそんな思案をよそに、ゼンは楽しげに続ける。

「一体いくらの値が付くか楽しみだ。五十万、百万……いや、数百万はくだらないかもしれねぇ」

そのとき、接近した彼に対して透視能力が発動した。知りたくもない情報が頭の中に流れ込んできて、はぁとため息をつく。

「……妹を助けるためなら犯罪に手を染めることすらいとわないなんて、殊勝なお兄さんね」

「は……どうしてそれを」

彼を無自覚に透視して、人身売買の売り手として数々の女を誘拐して金を稼いでいるのは、妹の治療費を工面するためだということが視えた。

どうやら、妹の病気を治すために民間療法に依存しているようだ。どんな病も治すといういかにも怪しげな薬を、毎月法外な金額で買っている。薬だけでなく、病に効くという石や絵画なども色々買っているらしい。

「人身売買に加担するのはもうやめなさい。その民間療法はあてにならないわ。彼らは弱みに付け込んであなたのことを騙し、私腹を肥やしてるのよ」

「なっ……！　し、知ったような口利くんじゃねぇ！」

「………っ」

激昂したゼンがネラの髪を鷲掴みにする。

「お前に俺の何が分かんだよ。毎日痩せ衰えてくあいつを……ニアを見て、どんな思いで世話してるか……っ。俺の苦しみがお前に分かってたまるかよ！」

また、やってしまった。黙っておけば怒らせることもいたぶられることもなかったのに、つい放っておけなくて口出ししてしまった。

国の平和を守る聖女だった前世の名残りなのか、正直で正義感が強いネラの悪い癖だ。

「……そう、よね。正しいことばっかり言っていたら、大事な人を助けられないわよね」

ゼンは弱っていく妹を見て、心をすり減らしてきたんだろう。犯罪に手を染め、怪しげな民間療法に依存してしまったのも、他にできることがなかったからだ。

フレイダだって、前世でアストレアを守ろうと大勢を傷つけている。夢の中で幾度となく見てきた教会の惨状は、フレイダがほとばしる血を浴びたであろうことを容易に想像させる。綺麗事ばかり言っていられないのが世の常だ。

しかし、ネラはきらりと金色に光る瞳でゼンを睨みつけながら言った。

「でも、あなたがしていることは間違ってるわ。今のままでは誰も救われない。それだけははっきり言える」

「うるさい、黙れ――」

ゼンが拳を振りかざした――そのとき。

「そこまでだよ、ゼン」

よく聞き慣れた声が耳を掠める。それは、もうあまり思い出したくない相手の声だった。

「大切な商品だ。できるだけ傷がつかないように丁重に扱っておくれよ」

「は、はい。すみません」

つかつかとこちらに歩んでくる男の気配に、ネラはごくりと喉を鳴らした。

「どうしてあなたがここに……？　クリストハルト様」

「さぁ、誰のことだか。人違いじゃないかい？」

とぼけているが、間違いなくこの声は元婚約者のクリストハルトのものだ。何年も一緒にいた彼の声を今更聞き間違えるはずがない。声の高さや抑揚の付け方、口調まで一致している。

「ゼン。よく彼女を連れてきてくれたね。ご苦労だった」

「とんでもないです」

どうやらネラの拉致はクリストハルトが指示したみたいだ。

（なぜそんなことを……）

そこでネラははっとした。これも以前、連続誘拐事件について透視したとき、誘拐された女たちが怯えながらクリストハルトのことを見つめている映像を視たのだった。

あのときは、疲れているせいで視えたなんの意味もないものとして片付けたが、そうではなかったのかもしれない。

「あなたはこのオークションの関係者なの？」

「そんなところかな。君は三日後に商品として売られるんだよ。見目がいいから、きっと可愛がってもらえるさ。僕はあまり君のことを可愛がってやれなかったからね」

「…………」

やっぱり、目の前にいるのはクリストハルトだった。

（なるほどね。ずっと私は、彼にとって目障りだったんだわ）

ようやく、この人が婚約解消したかった本当の理由が分かった気がする。ネラの透視能力で、闇オークションの運営に携《たずさ》わるなんて大罪を見抜かれるのが怖かったのだ。婚約者でいる間、クリストハルトがどれほど肝を冷やしていことか。

（歌劇場で会ったときのおかしな態度もきっと……）

以前、フレイダと一緒にオペラに行ったときにクリストハルトに遭遇した。そのときにクリストハルトは柄にもなくネラのことを褒め、食事に誘ってきた。あれは、事件の捜査をしている王衛隊幹部のフレイダからネラを引き離したかったのだろう。

そして遂に今、ネラのことを売り飛ばして社会から存在を消そうとしている。

「まさか……あなたが犯罪者だとは思わなかったわ」

挑発の意味を込めて伝えるが、クリストハルトは少しも動じない。

「ようやく君の忌まわしい透視能力に怯えなくて済む。煮るなり焼くなりされて——さっさと消えてくれ、ネラ」

クリストハルトは笑顔でそう吐き捨てて、すぐに去っていった。

「…………」

これは望んで得た力ではない。知りたくもない他人の運命も、世界の未来も過去も、家族の寿命さえも、自分の意思とは関係なく視えてしまう。

でも、必ずしも悪い力というだけではない。占いのおかげで助けられた人もいるし、何より——フレイダに出会うことができた。


ネラはゼンに引きずられるようにして地下階段を下りた。クリストハルトのことは衝撃だったものの、今一番気がかりなのは、ゼンの妹のことだった。こうして移動している最中にも、彼の妹が苦しんでいる映像がしつこいくらい何度も瞼の裏に浮かび上がってきて、「なんとかしてやれ」と誰かに命じられるような感覚になり、とうとう階段の途中で呟く。

「……妹さんに薬を飲ませるのをすぐにやめた方がいい」

「さっきからお前、なんなんだよ。どうして薬のことを……」

雇われ占い師をしているのだ、と簡単に自己紹介する。ゼンは半信半疑だったが、ネラの話に耳を傾け始めた。

「あなたが飲ませている薬は微量の毒を含有しているわ。民間療法を提供している組織は、金を巻き揚げるために妹さんの体調を故意に悪くさせているの。いい？　あなたは騙されているのよ」

「うそ、だ……」

「本当のことよ。信じるも信じないもあなた次第だけれど」

啞然としたゼンはネラの腕を離し、その場に立ち止まった。

その毒には依存性があり、突然飲むのをやめると離脱症状が出るから、半年くらい時間をかけて減薬して身体への負担を少なくした方がいいとネラは付け加える。

「見てもいないのに、どうして分かるんだ？」

さっきゼンと揉めている間、ずっと彼の妹を助ける方法はないかと占っていた。そして彼女の体調を悪くしている原因が、長らく飲み続けていた薬にあると分かったのだ。その薬は麻薬のような効果があって、飲んだ直後は高揚感と安らぎを与えてあたかも快方に向かっているように思えるが、副作用で逆に体調が悪くなり、薬が手放せなくなるようにできている。

「何者なんだ、一体……」

「ただの雇われ占い師よ」

ただし、前世で神から預言の聖女として賜った力を使っている――ちょっと特殊な占い師だ。

そう答えると、ゼンはぽつりと呟いた。

「助かるのか？　妹は……ニアは」

「はい。必ず」

それからゼンは、考え事に耽《ふけ》ってひと言も発さなかった。無言のままネラを地下の牢に閉じ込め、鉄格子越しに見下ろして再び口を開く。

「馬鹿だなお前。自分のことを誘拐した人売りにまで情けをかけるなんて」

「私が助けたいのは犯罪者のあなたではなく、病と戦う女の子。それから……」

それからもうひとり、助けたい人がいる。

ネラは少し間を空けて、「お願いがあるの」とゼンに言った。

「妹から手を引いてください」

「妹？」

「リリアナ・ボワサル。あなたもよくご存知でしょう」

「……お前、あいつの姉だったのか」

実家を出る前に、リリアナが悪い男に騙されていて、いつか危険な目に遭うことを知った。そして今ようやく、点と点が繋がったのである。

ゼンは自分に好意を寄せるリリアナを利用し、度々金を無心している。世間知らずな貴族の娘だから、多額の金をほいほいと差し出しているようだが、彼はリリアナが使えなくなったら売り飛ばすつもりでいる。

「リリアナは姉の婚約者を奪ってやったって自慢してたぜ。散々いじめて家も追い出してやったんだって。そんな奴のことほっとけば」

確かに散々ひどいことをされたし、それなりに憎いと思っている。けれど、見過ごせないのだ。先に起こる悲劇を知っているのに、見ないふりをしているのは加担しているのと同じだと思うから。自分が辛い仕打ちを受けてきたからといって、リリアナが犯罪に巻き込まれていい理由にはなりえない。

それに、誰であろうと無条件で手を差し伸べてしまうのがネラの性分だ。

「彼女が私にしてきた仕打ちと、あなたが彼女にしていることは無関係だわ。別れると誓って」

「……とんだお人好しだな。お前」

ゼンはそのまま去っていった。最後に「分かった」と言い残して。

暗い牢に取り残されたネラは、小さくため息を吐いた。

リリアナがおかしな男に引っかかっていることは屋敷を追い出される前から気がかりだったが、これでもう大丈夫だろう。彼女のことだから、また同じことを繰り返すかもしれないが。

すると——

「まさかあなたもここに連れてこられるだなんてね。バー・ラグールの凄腕占い師さん？」

隣からそう声をかけられる。檻の中には、ネラ以外に——先客がいた。

「あなたは？」

声を聞いても思い当たる人物がいない。『バー・ラグールの占い師』と呼んだということは、占いの客だろうか。

「あら、忘れてしまった？　いつかのときに占っていただいたキャサリンよ」

（ああ、確か不倫をしていた……）

不倫相手は、他に四人の愛人がいた。キャサリンは占いの結果が気に入らなかったからとグラスの水をぶっかけてきた、かなり印象に残っている客だ。

「その節はどうも」

「何？　もしかして水をかけたこと、まだ怒っていらっしゃるの？　器が小さい人ね」

どの口が言うのか、あなただけには言われたくない、とネラは内心で思う。

「どうしてここにいらっしゃるのですか？」

「男に口説かれてついていったら、ここに連れてこられたって訳。まさかあなたも男に騙されて売り飛ばされてくるなんてね。意外と気が合うかも」

「いえ、それは違うので同じにしないでいただけると」

「そういうことははっきり言うのね、あなた」

不服そうに口を曲げたあと、数拍置いてキャサリンはぽつりと言った。

「実は私ね、お腹に赤ちゃんがいるの」

「……そう、ですか」

「誰の子か聞きませんの？」

やっぱりそうなったか、とネラは肩を竦める。

不倫相手の子どもを身ごもり、捨てられる未来は占いのときにちらっと視えていた。聞かずとも、お腹の中にいる子どもの父親が不倫相手ということは分かっている。

「例の……既婚男性のお子さまでしょうか」

「正解。なんでもお見通しなのね。彼に子どものことを言ったら……捨てられちゃった。今になってあなたの忠告を聞いておけばよかったって思ったわ」

「……お子さまはどうなさるつもりですか？」

「どうするつもりって……。決まってるでしょう。私がひとりで育てるわ。でもこんなところに捕まってしまって……どうしたらいいのかしら」

キャサリンは苦笑しながら、「全部私が悪いんだけどね」と呟いた。

自業自得と言えばそうだが、ネラは彼女を気の毒に思った。商品として売られた先で、普通に子育てができるとは思えないから。妊婦までオークション商品にしてしまうなんて、恐ろしい人がいるものだ。

「虫のいい話だと分かってるけれど、この子のこと、占ってくれませんか。ちゃんと元気に生まれて、大きくなってくれるか……」

声が震えていて、泣いているのが分かった。ただでさえ男に捨てられて心細いはずなのに、こんなところに捕まってしまって、彼女の不安は想像を絶するものだろう。キャサリンはお腹をそっと撫でながら嗚咽を漏らしている。

「分かりました。占ってみます」

「いいの……？」

「はい。ですが私は視えたことを、そのままお伝えします」

優しい幻を見せることはできる。でも、どんな未来であれ事実を伝えるのがネラの信条だ。それでもよろしいですか、と念を押すように確認すると、キャサリンは頷いた。

「ええ。お願い」

ネラはそっと目を閉じて透視を始める。

深呼吸をして意識を集中させていくと、ぼんやりと映像が浮かび上がってきた。牢の中に閉じ込められて精神が弱っているせいか、映像がいつもより乱れていて視づらかった。

男の子を抱っこしているキャサリンと、その傍で彼女の肩を抱いている長身の男の姿が浮かぶ。みんな笑っていて幸せそうだ。男の子はすくすく育っていって、キャサリンの元を巣立っていくところまで視えた。

（オークションで売られた先ではないみたい……？）

今の絶望的な状況からは全く想像できない温かい未来だ。ネラ自身も予想外の未来の映像に首を傾げる。

「男の子でした。お子さまは元気に成長され、その成長をあなたも傍で見守られているようです。それから……新しいパートナーが視えました。長身で金髪、片眼鏡をかけた好青年で……」

「それ、もしかしてマルティン……」

「お知り合いですか？」

「幼馴染と特徴がそっくりなの」

それからキャサリンは思い出話を聞かせてくれた。

キャサリンは恋多き少女で、色んな相手と交際しては別れを繰り返したが、キャサリンがどんなに悪くても家が隣同士で幼馴染のマルティンだけはいつも味方でいてくれて、辛いときはいつも寄り添って励ましてくれたという。アルベルトに捨てられたと話したら、泣いて悲しんでくれたとか。

そして彼は、キャサリンの――初恋の相手だった。

「マルティンは格好よくて女の子にすごく人気だから、私なんて相手にされるはずないって諦めていたのだけれど」

「あなたのことをとても大切に思っていらっしゃるようですよ」

「そう……。ありがとう。この子もちゃんと大きくなるのね。あなたの言葉は嘘じゃないって分かるから、すごくすごく嬉しい。挫けそうだったけれど、そんな未来があるなら頑張れそうだわ」

「……応援しています」

キャサリンはさっきより落ち着いた様子で、お腹に手を当てていた。

「まだね、この子の名前を考えていないの。よかったらあなたが名前を付けてくれない？」

「私が付けてよろしいのですか？」

「ええ。これも何かの縁だと思って」

占いの仕事で子どもの姓名判断や親子の相性を占うことはあったが、名付けを頼まれたのは初めてだ。

これは責任重大。名前はその人に一番最初に与えられるものであり、これから一生ついて回るものだから、真剣に考えなくては。

けれどすぐに、ある名前がふっと思い浮かんだ。

「……ミハイル、でどうでしょうか」

ミハイルは『神に仕える者』という意味がある名前だ。

「ちょっと古臭いわね」

「…………」

文句を言われてしまい、ネラは顔をしかめた。

「では他の名前を……」

「ううん、これでいい。ミハイルだって。気に入った？」

キャサリンはお腹をさすって声をかけ、「あ、ちょっと動いたかも」とはにかんだ。

「どうしてこの名前を？」

「私にとって、とても大切な名前なんです」

「へぇ。ひょっとして初恋の人とか？」

そう言われて、騎士服を着た男を脳裏に思い浮かべた。夢の中でいつも会っていたフレイダの前世――ミハイル。ミハイルがアストレアに忠誠を誓い、忠誠だけではなく深い愛情を捧げていたことはフレイダの口から語られているが、アストレアの気持ちは分からない。ネラも、三百年も前の前世の恋愛事情はおろか、それ以外のことも何も覚えていない。

それでも、アストレアが彼をどんな風に想っていたかは、彼の腕の中で眠る安らかな表情を見て分かった。

ネラは目を細め、穏やかに答えた。

「……はい。たぶんそうです」

本人に自覚があったかどうかは分からないが、アストレアが抱いていた騎士への愛情は、生まれ変わってもなお、ネラの心の深いところに残っているような気がした。

初めてフレイダに会ったとき、懐かしさや切なさで泣きそうになったのは――アストレアの記憶がそうさせたのではないか。

◇◇◇

ネラのオークション当日。

「けほっけほ……。兄さん、またどこかに出かけるの？」

痩せ細った娘が清潔なシーツがかけられた寝台の上でそっと身体を起こし、瞼を擦りながら言った。部屋のカーテンが外着姿の男の手によって開かれたのと同時に差し込んだ朝日が、壁に娘の輪郭の影を映す。

中心街から離れた林の傍の小さな家で、ゼンは妹のニアとひっそりと暮らしていた。ニアは身体が生まれつき弱く、床に伏せってばかりだった。他の子どもたちが外で楽しそうに遊んでいるのを羨ましそうに眺めるだけの幼少期を過ごし、人と交わることが少なかったせいで非常に内向的な性格をしている。話し相手といえば家族だけで、両親が事故で他界すると、兄のゼンだけが彼女にとって心の拠りどころとなっていった。

成長して年頃の娘になった今も、相変わらずニアの身体は弱かった。ゼンはそんな妹を元気にしてやりたくて、あれやこれやと治療法を試した。だが、ニアの病状は悪化するばかりで、回復の兆しは見られず。

それでもゼンは諦めなかった。たったひとりの可愛く哀れな妹のためなら、どんな手を使うこともいとわなかった。……薬を手放せない妹のために、犯罪に手を染めて薬代を稼ぐことも、例外ではない。

「ああ。夕方には帰る。それより体調はどうだ？」

朝、ニアが起きるころに部屋に行って、換気のために窓を開けてやるのはゼンの日課だ。換気のためだけではなく、病弱な妹がちゃんと今日も目を覚ましたか、身体の具合はどうか、確かめるという目的もある。

「……あんまり、かな。身体が重くて、熱もあるみたい」

昨日より少しは体調がよくなっているのではないか。そんな期待とともに部屋を訪れ、彼女の返事に気を落とすのもひとつの日課である。

「そうか。なら食欲もないか？」

「うん。朝ご飯はいらないかも」

「そう言うな。少しでもいいから何か食え。とりあえず、消化がよさそうなものを作っておくから」

「じゃあ、野菜のスープがいい」

「分かった」

自分の身の回りのことがままならないニアのために、着替えを用意し、髪を梳かしてやる。年頃の娘なら、流行りの服を着て好きな人と出かけたりしたいだろう。けれど彼女は、自分の治療費に金がかかることに負い目を感じて、新しい服や装飾品、娯楽品をねだることをしない。いつもよれた同じ服ばかりを着て、同じ本ばかりを読んで過ごしている。

「……いつも迷惑ばかりかけてごめんね。兄さんの足ばっかり引っ張って……私みたいな妹、いない方がいいよね」

荒れた唇が漏らした弱音に、ゼンは眉をひそめる。

どうして病気に苦しみながらも健気に生きているニアが謝らなければならないのか。

ニアにとってゼンがたったひとりの家族であり心の拠り所であるように、ゼンにとって大切な家族は彼女だけだ。彼女がいなくなったらと思うと、恐ろしくて仕方がない。

「そんなこと思わなくていい。お前は自分の身体のことだけ考えてろ」

「兄さん……」

ニアは困ったように眉尻を下げ、そして呟くように言うのだった。

「気をつけて出かけてきてね。……待ってるから」

「ああ、土産を買って帰ってくる。そうだニア」

「なあに？　兄さん」

「今日からしばらく、薬を減らしてみよう。たまには胃腸を休ませることも大事だから」

「分かった。兄さんがそう言うならそうするよ」

あの胡散臭い占い師の言葉に従うのは癪ではあるが、彼女の助言がどうしてもゼンの中で引っかかっていた。少し試してみるというつもりで、ニアにそう言う。

そしてゼンは荷物を持って出かけた。


ゼンは、街にリリアナを呼び出していた。

裕福な家の娘であるリリアナはいい金づるで、甘えればどんどん貢いでくれた。それらの金は全て妹ニアの治療費に当てていたのだが、誘拐した占い師のネラに、妹に飲ませていた薬は効果があるどころか悪いものが入っていると言われてしまった。彼女は、実際に見てもいないことを次々と言い当て、嘘を言っているようには思えなかった。

そのネラの頼みが、「妹のリリアナから手を引いてほしい」だった。ゼンはらしくもなく、どこまでも人がよくて誠実な彼女に心打たれ、願いに応える気になっていた。

「もう別れよう、リリアナ」

「え……どうしてそんなこと言うの？　嘘だよね、ゼン……っ」

縋るように袖を掴んでくるリリアナの手を振り払う。

「悪いな。それじゃ」

「待ってよゼン。悪いところがあったなら言って？　直すから捨てないで……！」

いざというときは売り飛ばすつもりで適当に付き合っていたが、いつの間にかかなり執着されてしまった。リリアナは簡単に引き下がりそうもない。

「またお金がほしいの？　なら用意するから、ね？」

「金はいらない。お前に飽きただけだ」

「そんなぁ……」

最初から愛情なんて微塵もなかった。早く家に帰って妹の傍に行きたいのに、縋りついてきて煩《わずら》わしい。いい加減にあしらってその場を立ち去ろうとしたときだった。

「——見つけたぞ！」

「女連れのようですが」

「構わん、どっちも殺せ」

突然現れた武装集団に囲まれて剣を差し向けられ、息を詰める。よく見ると、人身売買に加担していた業者仲間の顔があった。

(消しに来たか。俺のことを)

リリアナは怯えながら、ゼンの腕にしがみついた。

「なんなのこの人たち……怖い。きゃっ、痛いっ！」

リリアナは男に腕を掴まれ、顔をしかめる。

すると、男がひとり、こちらに一歩出てきた。

「この仕事から足洗って真っ当に生きるって、上に言ったらしいな」

「……ああ」

「馬鹿だな。一度こっちの世界に入った人間が、今更普通に生きられるはずねーだろ」

彼らはクリストハルトの命で動いているのだと、ゼンは理解した。人身売買のことを外部に知られないように、口封じをしに来たのである。ゼンのような末端の者はトカゲの尻尾と同じで、斬り捨てたところで替えはいくらでもいる。

（馬鹿だな俺。……ニア、悪い）

占い師の言葉に絆《ほだ》されてらしくないことをしてしまったせいで、命を取られることになるとは。

相手が多すぎて、どうひっくり返ってもこの状況を打開することはできないだろう。

浅はかだった自分に対して、ゼンは自嘲気味に笑いを零すしかなかった。

◇◇◇

人気の少ない裏路地。

ゼンに呼び出されたと思ったら、リリアナは突然別れを切り出された。別れたくないと縋りついていたら、突然武装した野蛮な男たちがわらわらとやって来て囲まれてしまった。何が起こっているのか理解が追いつかず、頭の中に疑問符が沢山浮かぶ。

「こいつ、いいツラしてるぜ。殺すのは惜しい。高く売れそうだ」

彼らとゼンのやり取りを聞いていて、リリアナはなんとなく理解した。ネラの言っていたゼンがしている『後ろ暗い仕事』とは――人売りだと。ゼンは悪い組織に関与していて、裏切ったから処分されそうになっているのだ。

リリアナは咄嗟に叫び声を上げようとするも、すぐに口を塞がれてしまった。

「ん……！　んん……っ!?」

（や、やばい。どうしよう……このままじゃあたし本当に拐《さら》われちゃう。誰か助けて、誰か……っ）

助けを求めてゼンを一瞥《いちべつ》するが、彼は胸を斬られて血を流しながら地面に伏していた。

（ひっ……）

どんなに身じろいでも男の力には無意味だった。身体が宙に浮き、それでも暴れていると、首を掴まれて爪が肌に食い込んだ。

（痛いっ……！）

このまま喉を潰されてしまうのではないかと、恐怖で身が竦み、喉の奥がひゅっと鳴った。こんなことなら大嫌いな姉の忠告を聞いておけばよかった――そう思ったときだった。

「お前たち、その女性を解放しろ」

低い声が耳に届いた刹那、リリアナを拘束していたはずの男がひとり、地に伏せていた。打撃音が何度か続き、男たちがくぐもった呻き声や悲鳴を上げている。

「後ろに下がっていなさい」

「は、はい……！」

颯爽と現れたのは、彫刻のように美しい男だった。王衛隊の白い隊服を着ていて、毅然とした佇まいでそこにいる。背中でリリアナを庇って立つ姿は、物語から飛び出してきたようだ。あまりに格好よくて、危機的状況に陥っていることも忘れて目が釘付けになる。

彼が構える剣は、金色の光をまとっていた。

（剣が光っている……これは、神力？）

光をまとう剣は、姉の瞳に浮かぶ金色の輪を彷彿とさせる。それを扱えるのは、ラケシス王国では希少な神力使いだけだ。神力使いたちは岩さえも切り裂くというが、この若い男はそんな神秘の力を使うことができるというのだろうか。ますます素敵だ。

「王衛隊のフレイダ・ライン!?　くそっ。てめぇら、やっちまえ！」

フレイダと呼ばれた彼は、一斉に襲いかかる武装集団を次々に薙《な》ぎ倒していった。どこからか飛んでくる拳を交わしたと思えば相手の胴に肘打ちして昏倒させ、振りかざされた半月刀を剣で受け流したと思えば、次の瞬間には長い足で蹴り飛ばしていた。

そこには天上人と人間のような圧倒的な実力差があったため、戦闘の決着は早々に着き、相手は全員気を失っている。

「そこの男の怪我の処置をしろ」

「御意」

フレイダは部下にゼンの治療を指示した。他方、リリアナの心はすっかりときめいていた。

（なんて素敵な方なの……！　今まで出会ってきた中で一番タイプっ！）

容姿も内面も、何もかも完璧だ。しかも、王衛隊のエリート。

リリアナは甘えるように上目がちで声をかけた。

「お巡りさん、あの……っ。助けていただいてありがとうございましたっ！」

リリアナが愛らしく誘惑するように擦り寄って、これまで庇護欲を掻き立てられなかった男はいない。

しかしフレイダはそれを無視して、転がっているひとりの男の首を鷲掴みにして持ち上げた。

「ぐっ……うっ……」

「ネラさんをどこに隠した？　吐け」

「苦……し……離し――」

彼は首を絞める力を更に強めた。相手の男は顔を青白くさせながら足をばたつかせている。

（ネラ……？　お姉様の知り合いなの？）

凍りついた表情を浮かべるフレイダは、怒りで我を失っているようだ。首を絞められている男は、気道を塞がれて声を出すことがままならない。

「答えろと言っている！」

すると――

「ストップストップ。そのままじゃソイツ死んじゃいますよ～。俺まで始末書書かされんのダルいから一旦落ち着くっす」

「………」

同じく王衛隊の隊服を着た軽薄な雰囲気の青年が、フレイダを宥める。フレイダは忌々しそうに手を離した。

「げほっ、ゴホッゴホッ……」

解放された男はうずくまりながら首を抑え、苦しそうに咳き込んだ。

「……カイセル、お前は一度だってまともに始末書を書いた試しがないだろう」

「俺二文字以上書いたら死ぬ病気だから」

「どんな病気だ」

カイセルという部下のおかげで、ようやく少し冷静さを取り戻したようだ。

「あの……お巡りさん。あなたがお探しなのは、バー・ラグールの占い師、ネラ・ボワサルですか？」

「そうです。何か知っておられるのですか……？　店に行ったら失踪したと聞きまして」

フレイダは余裕のない表情でこちらにずいと詰め寄ってくる。近くで見るとますます綺麗で、余裕のない表情も色っぽくてリリアナは胸を高鳴らせた。

（ふうん。よく分からないけど、協力したらこの方に気に入られるかも？）

フレイダは姉を探しているようだ。ネラの失踪は実家にも連絡が来たが、家族は誰も彼女の行方に興味がなかった。リリアナとしても、本音ではその辺で野垂れ死にでもしてくれていたらいいと思っている。

でも、もしかしたらこれを利用して麗しのエリート騎士に取り入ることができるかもしれない。そんな名案を思いつき、咄嗟に手を胸に当てて答えた。

「——あ、あたし、ネラ・ボワサルの妹なんです！」

リリアナが名乗ると、なぜかフレイダは露骨に失望の色を浮かべた。彼の失望に気づかないリリアナは嘘泣きをしながらしおらしく訴えた。

「あなたも姉のことをお探しなのですか？　お姉様がいなくなって、あたしも心配で心配で……。あたしも捜査に協力します！　皆で探せばすぐに見つかりますよっ！」

「結構だ」

リリアナの提案はにべもなく斬り捨てられた。

「少しも彼女のことを案じてなどいないくせによく言う」

フレイダはそう言って、嘲笑うように鼻を鳴らした。さっきまでは親切にしてくれたのに、その突然の豹変に呆気に取られる。何が彼の機嫌を損ねたのか、全く思い当たらない。

「君の手を借りるくらいなら無能な部下で十分だ」

「え、無能な部下ってもしかして俺のこと……？」

後ろでカイセルが不本意そうに顔をしかめている。

（何よ、この人……。せっかく手伝うって言ってるのに。こんな冷たい態度取らなくたって……）

まるで仇を見るように睨まれて、心臓がきゅっと縮み上がる。どうしてそんなに怒っているのか分からなかったが、素敵な男を見つけて舞い上がっていたリリアナの心は一気にしゅんとなった。

「………中央歌劇場の地下。そこに……ネラ・ボワサルはいる」

そのとき、弱々しい呟きが聞こえた。振り返ると、声の主は腹部を斬られて手当てを受けているゼンだった。

◇◇◇

バー・ラグールの店主メリアから、「ネラが王衛隊の屯所に向かってから帰ってこなくなった」と一報を受けた。それを聞かされたとき、フレイダは全身の血の気が引いた。自分に会いに来ようとしたせいで、彼女が何かの事件に巻き込まれてしまうなんて。

（また、俺のせいであの方が危険な目に……）

目の前でアストレアを亡くしたトラウマが蘇り、額に汗が滲《にじ》む。

自分はなんて情けなくて不甲斐ないのだろう。ネラのことを守ると決意しておきながら、危険な目に遭わせてしまった。もし彼女の身に何かあれば、今度こそ自分を許せないだろう。

沸騰した水のようにふつふつと沸き起こってくる自身への怒りや悔しさを押し殺して、フレイダは拳を固く握る。闇オークションが行われている場所はアリリオ・オビエス男爵を尋問してすでに特定しているので、部下たちを連れて乗り込むことにした。

そして、移動の馬車の中。

「――長、隊長」

「……なんだ」

カイセルの声で意識が現実に引き戻される。

「隊長、あれ、なんかヤバくね？」

そう言われて馬車の窓の外を見ると、若い女と複数人の男が揉めているのが見えた。正直、ネラのことが心配で他のことに気を配っている余裕など微塵もないのだが、どうも様子がおかしいので、しぶしぶ止めに入ることにしたら……

それは偶然にも――人攫《ひとさら》いの現場だった。しかも、襲われていたのはネラの妹だったのである。

ゼンという男は、人身売買の売り手をしていると自白した。そして、ネラの居場所を教えた代わりに、逮捕まで猶予が欲しいと要求してきた。フレイダはその要求を飲み、監視を付けることを条件に見逃してやった。

今一番大事なのは、ネラの救出。それ以外のことはどうだってよかった。

「中央歌劇場の地下」

ゼンは確かにそう言った。そこはまさに、闇オークションが夜な夜な催される場所。そして、ネラとオペラを見に行った場所だ。

「カイセル。お前は被害者たちの救出に当たれ」

「り」

「…………」

いつもなら「略すな」と咎《とが》めているところだが、怒るような気にもならなかった。

「ネラさんの保護を最優先にしてくれ」

「分かってるっすよ。隊長」

◇◇◇

地下の檻に閉じ込められてから二日。

まともに食事を与えてもらえず、あまり眠れていないため体調が悪い。今が昼なのか夜なのかも分からない。もっとも常に視界が真っ黒なネラにとっては、元々昼も夜もほとんど違いないのだけれど。

つかつかと靴音が近づいてきて、売人の男に声をかけられた。

「お前の番だ。立て、ネラ・ボワサル」

つまり、自分はこれから見知らぬ人に売られるということだ。手錠を外され、強引に引っ張り上げられる。すると、隣で座っていたキャサリンが訴えた。

「待ちなさいよあなた！」

「なんだ？」

「連れていくなら私にして。その人は解放してあげて」

「余計な口出しをするな！」

「その人は目が不自由なのよ!?　お願い！」

キャサリンだって、お腹に子どもがいる身だ。このまま男の不興を買い、彼女が折檻されて子どもに影響があったら大変だと思い、ネラは冷静に諭《さと》す。

「キャサリン様、私なら大丈夫です」

「あなた……」

「ありがとう。そのお気持ちだけで」

ネラは毅然と立ち上がり、男に引きずられるようにして檻を出た。あまりにもネラが落ち着いた様子なので、男は気味悪がっている。実際にはネラだって恐れを抱いているが、あまり感情が表に出ないため、伝わらないのだ。

控え室に連れていかれて、今度は女の売人に身なりを整えられた。

冷たい水でがしがしと身体の汚れを落とされ、ドレスに着替えさせられる。随分品のいいドレスだった。透け感がある素材がネラの白い肌を蠱惑的《こわくてき》に浮かび上がらせ、胸元が開いていてやけに布面積が少ない。

（これから私……売られるのね）

身支度を整え、いよいよ舞台に上げられる。

スーツ姿に仮面を着けた司会者が、ネラが入っている檻のかけ布をぱっと外し、軽快に声を上げた。

「お待たせいたしました！　本日の目玉商品、凄腕美人占い師のネラ・ボワサルです。どんな悩みもたちどころに解決するその異能を利用するもよし、愛玩対象にするもよし。スタートは五十万から！」

客たちはネラの姿を見て、歓喜の声を上げる。

「おお、美しい……」

「なんて奇妙で、神々しい瞳だ」

沢山の人の気配がする。目が見えずとも、まとわりつくような視線の気配を四方から感じる。他人から発せられるエネルギーに敏感なネラは、彼らの負の感情を嫌というほどまざまざと感じ取った。

買われたらその先はどうなるのだろう。前世で神と民衆に仕えるために与えられた透視能力を、悪いことに使われてしまうのだろうか。もしかしたら愛人として辱《はずかし》めを受けることもあるかもしれない。

「百万」

「二百万」

「三百万」

「三百五十万」

「五百万」

次々と入札されて、金額が跳ね上がっていく。ゼンが予想していたより遥かに高額だ。

「一千万」

「おーっと！　出ました四桁！　一千万です！　それ以上の金額の入札者はいらっしゃいますかー！」

そこからまだ入札は続いた。

「千二百万」

「千五百万」

恐ろしい金額が聞こえてきてびっくりする。どこまで上がっていくというのか。しかし、五千万の入札者が出たところで、ホールは静かになった。

このまま落札されるのだろうか。恐怖や不安で、ネラは無意識に舌に歯を立てていた。

脳裏にフレイダのことが思い浮かぶ。

あの人に会いたい。あの人の声が聞きたい。

今になって、もっと素直になっておけばよかったと後悔の気持ちがじわじわ込み上げてくる。

（やっと気づいた。……私はフレイダ様のことが——好き）

彼が別の女性《アストレア》を見ていたとしても関係ない。自分が彼を想っているという事実がそこにあるだけなのだ。

それでも、今更認めたところで、もう二度とフレイダに会うことはないかもしれない。未練がましくも、俯いた目からぽろっと雫が零れ落ちた。手を拘束されているため、涙を拭うことも泣き顔を隠すこともできず、無防備に熱いものが流れていく感覚を味わうことしかできない。

ネラの泣き姿の可憐さに、「おお……」「美しい」とあちこちから感嘆の声が漏れる。すると——

「そこまでだ。この会場は王衛隊及び自警団に完全に包囲されている。この場にいる者全員、投降してもらおう」


ホールの乾いた空気に響く低い声。舞台に上がってくるいくつもの足音。

ネラははっと顔を上げた。

それは、求めてやまなかった声。フレイダが助けに来てくれたのだ。

身体から力が抜け、声を頼りに彼のことを探した。

「へ～闇オークションってこんな感じなんすね。俺、空飛ぶ絨毯《じゅうたん》とどこでも行ける魔法のドアが欲しいでーす」

「そんなもんある訳ないでしょう⁉」

「なんだつまんね。んじゃお前殺す」

「そんな無体な——ふぎゃっ」

王衛隊の青年が司会者を蹴り飛ばす。司会者がどこかに叩きつけられる音が響いた。

「隊長～、ここに来たらどこでも行ける魔法のドアがもらえるって言ってたのに話が違うじゃん」

「そんなことはひと言も言ってない。その辺のドアに頭を挟まれたら少しは馬鹿もマシになるかもな」

王衛隊の登場に客たちは逃げ惑い、オークション側が用意したのだろう傭兵が応戦する。

剣が交わる金属の音がそこかしこで響く中、フレイダがネラに駆け寄って、剣で手錠の鎖を断ち切った。晒された白い肌を覆い隠すように、隊服のジャケットを上からかけてくれる。

「遅くなりました。もう大丈夫です」

感情が昂ってしまってうまく声が出せない。手や足は小刻みに震えていて、心臓の脈動が加速したままだ。

「フ……レイダさま、わた……私……はっ、」

見るからに取り乱しているネラに、フレイダは愁眉《しゅうび》した。両肩に手を置き、上から囁く。

「落ち着いてください。もう恐れるものはありません。何があっても俺がお守りいたしますから。ゆっくり息を吸って……吐いて」

「ふ……はぁ」

「そう、上手です」

まるで子どもをあやすように、ネラは優しく宥められた。早鐘を打っていた心臓が、少しずつ元の律動を刻み始めた。そのうちに、体の震えも治まっていく。触れているフレイダの手は大きくて温かくて、心地いい。心地いいだけではなく、甘くて切ない痺れをネラに与える。

（フレイダ様の手……。ずっと、触れていてほしい）

そっと腕を伸ばして、手探りで彼に抱きついた。

「ネ、ネラさん⁉」

突然のネラの行動に、フレイダは目を白黒させて戸惑った。戸惑いはしても、大きな身体で揺らぎもせずにネラを受け止めて支える。

少しだけ汗ばんだシャツに額を押し付けて、ネラは小さく声を漏らした。

「……怖かった」

「そうですよね。駆けつけるのが遅くなってしまい……申し訳ありません」

もちろん売られそうになったことは怖かった。でも、一番怖かったのは――

「もう二度とあなたに会えないかと思うと、胸が張り裂けてしまいそうで。それが一番、怖かったんです」

すると、フレイダの喉がぐっと鳴った。

「……会いたいと……思ってくださるんですか？　俺なんかと」

もう会わないと冷たく突き放しておいて、今更こんなことを言うのは調子がいいと分かっている。でももう、自分の気持ちを偽ることができない。

（言わなくては。自分の気持ちを、素直に……）

ネラは、自分の気持ちを口にするのは苦手だ。愛情のない家族の元で育ち、感情を押し殺すのが癖になっていた。

もしかしたら、アストレアのときも同じだったのかもしれない。

彼女は国のために、汚名を被って死んだ。さぞ悔しくてやるせなかったことだろう。でも、ネラと同じように、弱音を吐かずに我慢して運命を背負ったのではないか。アストレアも、前世のフレイダ——ミハイルのことが好きだったけれど、ついぞ口にすることはできなかったのではないか。

だからこそ、言わなくては。自分の気持ちに蓋をして、苦しい思いをするのはもうおしまいだ。後悔もしたくない。

「傷つくのが怖くて、自分の気持ちに嘘を吐きました。……フレイダ様といると、とても楽しくて安心するんです。あなたが店にいらっしゃるのを、本当はいつも心待ちにしていました。あなたがお見えにならないと、寂しくて……」

「………」

「あの……？」

フレイダは時間をかけてその言葉を咀嚼した後、ネラの細い手をぎゅっと力強く握り締めて言った。

「ああ、なんということでしょう。このような状況なのに、天にも昇るような心地です。あなたがそう望んでくださるのなら、いつまでもお傍にいます」

「本当……ですか？」

「嘘は吐きません。俺にとっては、あなたが生きる意味で、あなた以上に大切な存在などないんですから」

「フレイダ様……。私は、あなたのことが——」

ネラが肝心な言葉を口にしかけたとき、遠くからさっきの部下の声がした。

「主催者と幹部がどうやら逃走したみたいっす。あれ……もしかして邪魔したっすか？」

フレイダはカイセルをきつく睨みつけながら命じる。

「早く追え」

「あ？　無茶言うなよ」

すたすたとこちらに歩いてくるカイセルに、上機嫌だったフレイダは一瞬にして無表情になった。

ネラはばくばくと音を立てて言うことを聞かない胸の鼓動を抑えながら、我に返った。感情に蓋をしないと決めはしたが、言うべきこととそうでないものの線引きがどうにも分からず、勢い余って告白しかけるところだった。

――あなたが好きだと。

「マジどうすんすか～」

「あとのことはお前たちがなんとかしておけ。まだそう遠くには行っていないはずだ」

「うわ丸投げかよ。その人が無事なら他はどーでもいいっていうんすか？」

「…………」

「そこは否定しろよ王衛隊幹部として」

二人の会話を聞きながら、ネラはクリストハルトの行方を透視してみる。しかし彼はもともと、今日はこの建物にいないようだった。

「恐らく重要人物たちは最初からこの建物にはいないようです。すぐに、居場所を占いますから……」

疲れているのに力を無理に使おうとしたせいで、額に脂汗が滲《にじ》んだ。いつもよりよく視えない。頭がずきずきして、目の奥も痛む。

ネラがうっと顔をしかめると、フレイダは言った。

「お顔が真っ青です。疲れているのに、無理に透視しなくて大丈夫です。あとのことは王衛隊に任せてください」

「……分かりました」

もう一つ、まだ牢に囚われているキャサリンのことを思い出した。ステージに連れてこられる直前、彼女はネラを助けようとしてくれた。その借りは返さなくては。

「私のお客さ——友人が地下に囚われています。彼女のこと、助けてくださいませんか」

「拐《さら》われた被害者たちは、部下たちが保護しているので安心してください」

「よかった……」

これできっと、透視した通りの幸せな未来が実現するはずだと、ネラは安心して胸をなでおろす。

するとカイセルがしゃがみ込み、ネラの顔を覗き込んだ。

「お～超美人。絵みてぇだ。隊長が肩入れすんのも納得だわ」

「軽率に彼女を語るな」

「はぁ怖。褒めただけなのに」

ああだこうだと小競り合いをしつつ、フレイダとカイセルは後処理のためにネラを部下に任せてその場を離れた。

現場の処理が終わった後、ネラは王衛隊の屯所で事情聴取と手当てを受けた。

その後、フレイダが下宿先まで馬車で送ってくれることになった。向かい合って座席に座り、取り留めのない話をする。事件に巻き込まれた非日常的な感覚からなかなか抜けきれずにいたが、フレイダの声を聞いているだけでネラは不思議と安心した。

「体調はいかがですか?」

「平気です。家に帰って休めば、すぐに回復しますから」

中央歌劇場から出てから、幾度となくこのやり取りをしている。フレイダはとにかくネラのことが心配らしく、痛いところはないか、苦しくはないか、と何度も聞いてきた。彼が注いでくれた神力のおかげで、少し楽になっている。

「……本当に、すみません。あなたにあのような怖い思いをさせてしまって」

「フレイダ様が謝ることではありません。むしろ、助けに来てくださって、ありがとうございました」

このやり取りも何度目か分からない。

歌劇場の地下にいるとき、ずっとフレイダのことを考えていた。もう二度と会うことができないかもしれないと思うと、胸が張り裂けそうだった。

そしてその痛みは否応なく、彼への愛情をネラに実感させたのである。

窓の外から、街道を歩く人々の喋り声、車輪や誰かの靴が石畳を踏む音が聞こえてきた。穏やかな日常の営みに耳を傾けていると、フレイダが改めて確認してくる。

「ネラさん、先ほどの言葉は……本当ですか？　俺に会いたいと思ってくださっていた——というのは」

「…………」

中央歌劇場で再会を果たしたとき、彼に言った言葉を思い出す。

『フレイダ様といると、とても楽しくて安心するんです。あなたが店にいらっしゃるのを、本当はいつも心待ちにしていました。あなたがお見えにならないと、寂しくて……』

普段の自分からは考えられない赤裸々な本心で、恥ずかしくなる。ネラは頬をほんのりと染めながら、こくん、と小さく頷いた。

「はい。全て——本当です」

「…………」

ネラの答えを聞くと、なぜかフレイダは黙り込んでしまった。不安になって、どうして何も言わないのかと尋ねたら、彼は言った。

「あまりに嬉しくて。どう言葉で表現していいか分からないだけです。今だってすごく、顔が緩んでいます」

ネラには、視覚から情報を得ることができない。もしフレイダの表情が見えたら、喜怒哀楽を読み取ることができ、不安に陥ることもなかっただろう。今はフレイダのいつもより軽い調子の声音だけが、彼の心を知る手がかりだ。

「また……お店に来てくださいますか？」

「はい。ネラさんにお会いしに」

フレイダのことが好きだ。その声も、話し方も、真面目で優しいけれど部下にはちょっぴり毒を吐くところも、ネラにはとことん甘くて紳士的なところも、全部。たとえ釣り合わないと言われても、彼がネラに重ねて別の人《アストレア》を見ているとしても、いつか愛想を尽かされて離れていってしまうとしても、自分を騙すことはしない。

家族に蔑《ないがし》ろにされ、自分の気持ちを封じ込めるのが癖になっていた。もう、自分の気持ちを偽ったり無視したりしない。今自分が望むことは何か、そう自分に問いかけ、自分の心の声にちゃんと耳を傾けていくのだ。

(フレイダ様の存在を……もっと近くで感じたい)

その瞬間ふっと沸き起こった気持ちに、蓋をしない。

「フレイダ様」

「どうかしましたか？」

「お傍に……行ってもよろしいですか？」

「！」

思わぬネラの要望に、フレイダは意表を突かれた。しかし一拍間を置いて、小さく笑いながら頷く。

「もちろんです。どうぞこちらへ」

彼がぽんと座席を叩いたその音を頼りに、ネラは場所を移動する。フレイダがひとり分のスペースを開けてくれたところに腰を下ろせば、まだ彼の温もりが残っていた。

「もうひとつ……お願いしても？」

「はい。あなたの願いならなんでも」

「少し――肩をお借りしたいです」

息を飲む気配がした後、優しげな声が耳元に注がれた。

「……喜んで」

許可を得たネラは、そっとフレイダの肩に頭を預けた。ワイシャツ越しに彼の体温が伝わってきて、目眩がするほど気持ちが高揚する。

ああ、すぐ近くにフレイダがいる。好きな人が、自分のすぐ傍にいる。

そんな確かな実感がネラの中に広がる。

これまでなんでもひとりで抱えてきた自分に、誰かに頼ってもいい、誰かに甘えてもいい、とようやく許可してあげられた気がした。理由がなくても、心に従っていいのだと。

「相当お疲れになっているでしょう。このまま眠っても構いませんよ」

「はい。……少しだけ」

「バーに着いたら起こしますからね。ああ、そういえば先ほど舞台の上で、何か言いかけていませんでしたか？」

言いかけたのは「あなたのことが好き」という言葉だった。感情のまま口に出しそうになったが、伝えるのは今ではなく、心も身体も元気になってから改めてにしよう。

「それはまた……今度言います」

目を閉じると、ネラはすぐに心地のいい微睡《まどろ》みに包まれていった。

五章　聖なる満月の夜に

事件から二ヶ月。

スチュアス伯爵家が闇商売を行っていたことは大々的に報じられ、連日世間で騒がれた。

伯爵は財産と爵位を没収され、懲役二十年が言い渡された。また、ネラの実家のボワサル子爵家が貸した貿易船が闇取引に使われていたことも発覚した。知らなかったとはいえ、犯罪に加担していたということでボワサル家の信用はみるみる落ちていった。会社の売上が下がり、倒産寸前だと噂されている。

父は、リリアナが人身売買業者と浮気していたことを責めた。そのせいで悪事が露見し、結果として商売がだめになったと。父はリリアナに貞淑さを身につけさせるために修道院送りにした。

そして、元婚約者のクリストハルトは、未だ逃亡を続けている。

「本当にありがとうございました。こうして無事に帰ってこられたのはネラさんのおかげです」

今日は、誘拐事件の被害者であるルナーが店を訪れていた。

闇オークションでオビエス男爵に買われた彼女だったが、ネラの占いによって王衛隊に保護されたのだった。先日は両親がやって来て、涙ながらにお礼を言って帰っていった。

「いえ。……私は何も」

「これはお礼の気持ちです」

ルナーが紙袋を差し出す。中身が何か分からずにネラが首を傾げると、彼女が言った。

「目にいいといわれている栄養薬です。もしよければ」

「ありがとうございます」

栄養薬を飲んだところで、一度失った視力を取り戻すことはできないだろう。けれど、気にかけてくれた気持ちがありがたい。

「今日のご依頼内容は？」

「それが……今日は占いというより、お願いがあって」

「なんでしょうか」

「私にネラさんの目の治癒をさせていただけませんか。実は私には生まれつき、病気や怪我を治す不思議な力があるんです」

それからルナーは、自分の力のことをネラに話した。彼女も生まれたときから、ネラと同じで瞳に金色の輪っかが光っていたという。利用しようとする人間がいるかもしれないと、人に言わないようにしてきたが、触れただけで人の怪我を治すことができるらしい。

（まさか私以外にも聖女の生まれ変わりがいたなんて……）

彼女の前世は、恐らく旧ヴェルシア教皇国の四大聖女のひとり、『治癒』の聖女だ。話しぶりからすると、自分が元聖女ということは知らないようだ。やはりネラと同じで、前世の記憶を持たないのだろう。

「こんなこと言っても……信じてもらえませんよね」

「いえ、信じます。恐らくルナー様のそのお力は神力と呼ばれるものでしょう」

「神力……ですか？」

「はい。私の透視能力も神力のひとつです」

神力を有する人は現代では少なく、そのほとんどが騎士だ。戦闘に特化した神力使い以外は現代にほぼ存在しないので、ルナーも神力と自分の力の繋がりにピンとこないのだろう。

「私の治癒がネラさんに効果があるか、占うことはできますか？」

「……やってみます」

神力での治癒なら、視力が戻ることもあるのだろうか。ネラは恐る恐る瞼を閉じて占う。

「何か視えましたか？」

「はい。結論から言うと、治すことができる——と」

ネラが失明したのは透視能力の代償だ。聖女だった時代も、視力を失うことで聖女の力が覚醒した。その逆に、透視能力を失えば目が見えるようになるらしい。

今のネラは預言の聖女ではないので、透視能力を維持する必要はない。

(目が見えるように……なる？)

思わず身体が震えた。もう二度とこの目で何かを見ることはできないと諦めていたのに、前触れもなく訪れた希望に戸惑ってしまう。

さらに、ネラの中には透視能力を差し出すことへのためらいがあった。知りたくもないことが視えてしまうこの能力が好きではなかったが、それでも沢山の人たちが必要としてくれている。人の役に立てるこの仕事を続けていきたいと思っている。

悩んだ末に、完全に力を失うのは惜しいということで、片目だけ治癒してもらうことにした。片目分なら、能力は今までよりも落ちるが、占いの仕事は続けられるだろう。散々疎まれてきた、忌まわしくて気味の悪い瞳と力を残そうと思った自分が意外だったが、それらが自分を構成する大切な一部であったのだとネラは実感した。

「私の力は、満月の夜に一番強くなります。失明を治すなら調子がいいときに行いたいので、日を改めさせてください」

「分かりました。よろしくお願いいたします」

「お力になれるように精一杯頑張りますね。もう一度、ネラさんの瞳が世界を映せるように」

笑顔を浮かべたルナーを見送り、ネラは肩から力を抜いた。

◇◇◇

満月の夜の前日、フレイダが部下のカイセルとともに店を訪れた。

「ネラさんこんばんはっす～！　調子はどっすか？」

「こんばんは。元気ですよ」

事件以来、再びフレイダは店に来るようになった。ただし、たまにカイセルがくっついてくる。フレイダから度々世話の焼ける部下だと聞かされていたが、悪人ではないし、愛嬌があって悪い印象ではなかった。

「あ～腹減った。そこの店員さーん！　バジルソースの生パスタに豚のスモーク焼きとソーセージのトマトスープと牛ステーキにキノコと貝の白ワイン蒸しをお願いするっす！」

カイセルはまるで何かの呪文を唱えるようにすらすらとひと息で注文をする。来る度にお腹を空かせていて、いつも見事な食いっぷりだ。当然会計もすごい金額になるが、彼はお腹だけでなく財布の方も空っぽで、支払うのはいつもフレイダだった。完全にタダ飯を食うために来ている。

「食いすぎて明日の任務に支障が出たらどうする。少しは自重しろ」

「俺の消化器は俺と一緒で優秀なんで。あとプライベートにまで口出ししてこないでくださいよ」

「なら俺のプライベートの時間までついて来ないでくれ……」

カイセルの隣でフレイダがため息を吐いた。フレイダは、カイセルが一緒に店に来ることが不服のようだ。でもなんだかんだと言いつつ、ふたりは仲がいい。カイセルは元々孤児で、フレイダに能力を買われて王衛隊に迎えてもらったそうだ。だからか、見事にフレイダに懐いている。

「すみませんネラさん。うるさいのがついて来てしまって」

「そんなことないです。賑やかで楽しいですよ」

「……それ、ちょっと凹みます」

フォローしたつもりだったが、フレイダはなぜか落ち込んでしまった。自分の発言のどこが間違っていたかとネラがおろおろ思案していたら、フレイダはぽつりと漏らした。

「俺はその……ふたりきりで会いたいと思っているので」

ちょっとだけ卑屈気味に自嘲する彼に、ネラは押し黙る。カイセルが来てくれたら楽しいのは事実だ。でも、ふたりきりで会うのを望んでいないとは言っていない。

「思っていますよ」

「……？」

「ふ、ふたりきりでも会いたいと」

恥じらいのせいで、最後の方は尻すぼみになる。

「……それは反則です」

フレイダは額に手を当ててまた大きく息を吐いた。また何か粗相をしてしまったかとネラが首を傾げていたら、運ばれてきた食事を黙々と食べていたカイセルが言った。

「ネラさんてさ、隊長に惚れてんの？」

「「…………」」

あまりにストレートに聞かれ、ネラはぴしゃっと固まり、フレイダは落ち着きのない素振りを見せる。一方、カイセルは自分から聞いてきたくせに、新たに運ばれてきたステーキの方にすっかり関心を移している。

すると、フレイダがンンッ……と咳払いして言った。

「ぶ、部下が余計なことを言ってすみません。真に受けなくていいですからね」

「好きです」

「ええ分かっています。ネラさんに相手にしてもらえるなんて思――って、え」

フレイダは言葉を失ってぴしゃっと固まった。手に持っていたグラスから、たらたらと飲み物が零れてテーブルを水浸しにしていく。

「おっうわっ、隊長、何やってんすか！　店員さん台拭きくださいっすー！」

ネラは一見、告白をしたとは思えない様子で、飄々《ひょうひょう》としている。しかし彼女は感情があまり顔に出ないタイプなのだ。内心は動揺して、心臓がどくどくとすごい勢いで加速していく。

「えっ、い、今なんと？」

「好きだと……言いました」

「ネラさんが……俺を、好き」

「はい」

あの誘拐事件から、ネラの中で何かが吹っ切れた。

以前は傷つくことを恐れ、できるだけ自分の気持ちを押し殺すきらいがあったが、そうやって自分を追い詰めるのはもうやめた。フレイダへの気持ちも伏せてきたが、素直になろうと決めていた。

（もしかしてタイミングを……間違えたのかしら）

不器用なネラは、告白をするにふさわしいタイミングもよく分からなかった。いかんせん、他人と意思疎通を図ることが苦手なのである。

呆気に取られて絶句していたフレイダが、しばらくしてだばっと感激の涙を流しながら沈黙を破った。

「俺も好きです。大好きです」

「…………」

告白のタイミングがふさわしかったかどうかは分からないが、気持ちは届いたようだ。

震えるフレイダの声からひしひしと愛情が伝わり、恥ずかしくなってネラの頬がほんのりと朱に染まっていく。

フレイダはネラの赤く染まった頬を見て、「照れている顔も好き」と甘く囁いた。彼はあからさまに浮かれていて、ネラもふわふわした気分になる。

「…………うっわ気まず。これ俺の立場ないんすけど」

カイセルがステーキを食べるフォークを止めて、苦虫を噛み潰したような顔になった。

「そうだな。そう思うなら帰れ」

「え～まだ一杯も飲んでないのに」

「やめとけ。また潰れたら面倒だ」

ふたりが揉めている様子を窺いながら、ネラはくすりと笑った。まるで兄弟喧嘩を見ているようだ。口元に手を当てて笑っていると、フレイダもネラの笑顔を見て頬を緩めた。

（次にお会いするときは、顔を見てお話できるのかしら）

明日の夜、元聖女のルナーに治癒をしてもらうことになっている。うまくいくか分からないので、フレイダには事後報告にするつもりだ。

フレイダはどんな姿をしているのだろう。どんな背格好をしていて、どんな顔立ちをしていて、どんな風に笑うのだろう。

自分の向かい側に座っているフレイダに顔を向け、閉じた瞼の裏にまだ見ぬ彼の姿を思い描いた。

閉店間際、いつものように数杯で潰れたカイセルを連れて店を出ていくフレイダを見送る。

カイセルを支えているフレイダが玄関の前で立ち止まり、ネラの顔を覗き込みながら言った。

「ネラさん、何かいいことでもありました？」

「どうしてですか？」

「なんとなくです」

思い当たるのは、明日、片目の治癒をしてもらうことだ。もしかしたら目が見えるようになるかもしれない。そんな期待が無意識に表情や態度に出ていたのだろうか。きっとそれもあるかもしれないが、幸せなことはもっと別にある。ネラは小さく笑い、からかうように言った。

「きっと今日、フレイダ様にお会いできたからでしょう」

はっと息を飲む気配がした後、フレイダが震えた声を絞り出した。

「……あなたがかわいすぎてどうにかなってしまいそうだ。酔った部下がいなければ、気持ちが溢れ出して、抱き締めてしまったかもしれません」

「駄目です。ここは店なので」

玄関先で抱き合っていたら、お客さんの迷惑になってしまうだろう。

フレイダはネラの返事に当惑する。

「――つまり店でなければいい、と解釈していいのでしょうか」

ネラは「どうでしょうか」と思わせぶりにはぐらかして、フレイダたちとお別れした。ふたりの足音が遠ざかっていく。

ひとり残されたネラは、頭上を見上げた。どんなに目を凝らしても、映るのは墨を垂らしたような暗闇だけ。何も見えないのに、宙に浮かぶ月を慈しむように目を細めた。

明日は満月だ。多分今夜は、ちょっとだけ浮かれている。

（フレイダ様が私を通してアストレアを見ていても、それでも構わない）

つきりとした胸の痛みも、恋の一部だと思って抱えていくつもりでいる。

◇◇◇

そして翌日、満月の夜。

約束通りルナーがバー・ラグールに来た。

応接間でソファに並んで座り、打ち合わせをする。治癒にかかる時間は症状によって異なり、ネラの場合は一晩かかりそうだと言われた。つまりルナーは一晩中、治癒効果のある神力をネラの瞳に注ぎ続けなければならないのだ。

ネラでも一晩中透視をするなんてとても無理だ。体力と神力が尽きて倒れてしまうかもしれない。

「どうか無理はしないでくださいね」

「お気遣いありがとうございます。でも心配しないでください。私、体力には自信があるので！

ネラさんはご自分の目を治すことだけ考えてくださいね」

ルナーはにこりと優しく微笑んだ。

「では、始めましょうか」

「お願いします」

ルナーのしなやかな手が伸びてきて、ネラの左目を覆う。注がれる神力は温かくて心地がいい。

そのまま、ルナーは朝までネラの瞼に神力を注ぎ続けた。途中で何度か倒れそうになり、もういいと止めたが彼女は頑なに受け入れなかった。それだけネラの目を治したいと思ってくれているのだ。

（……とても優しい人）

神の啓示で選ばれるのは、それぞれの聖女にふさわしい人格を備えた者だけだ。彼女がいつの時代に聖女をしていたかは分からないが、さぞ民衆に好かれたことだろう。

そして、夜が明けた。

オレンジ色の陽光が、窓のカーテンの隙間から差し込む。風が吹き込んできて、カーテンの布擦れの音が聞こえた。ルナーの指の隙間から、光の刺激を瞼が受け止める。

（……眩しい）

それは、もう随分味わっていない感覚だった。もう二度と味わうことはないと諦めていたはずの。

「治癒が……終わりました。目を開けてみてください」

優しい声で告げられ、目を覆っていた手が離れていく。

おずおずと瞼を開いてみると、目の前で美しい娘が微笑んでいた。紫色の髪をしていて、瞳には金色の輪っかが刻まれている。治療で相当疲れているようで、額に汗が滲《にじ》み、乱れた髪が肌に貼りついている。

「ルナー……さん」

「私のことが……見えますか？」

「はい。見えています」

「よか……った」

そう言った瞬間、ふらりとルナーの上半身が揺れて、ネラに倒れかかってきた。抱き止めて呼びかけたが、彼女は気絶したように眠っていた。満足したような表情で寝息を立てている彼女をソファに寝かせてから、ネラは窓際に立った。

(世界はこんなに輝いていたのね。知らなかった)

二階の窓から街の景色が見えた。悲観することが多く、俯いてばかりの人生だった。でも顔を上げてみれば、視界の先にはこんなに美しい世界が広がっていたのだ。それはきっと、一度視力を失っていなければ気づかなかった尊さで、愛おしさが心の底から湧き上がってくる。

風がネラの長い銀髪をゆらゆらとはためかせる。彼女の左目に浮かんでいた光の輪は消失していた。そしてその白い頬に、一筋の涙が伝った。

ルナーが目を覚ましたのは昼頃のことだった。彼女は、ネラの目が見えるようになったことを自分のことのように喜んでくれた。

「不思議……。左目の瞳孔の輪が消えていますね」

手鏡を覗いているネラに、ルナーが言った。この印は神に選ばれた聖女の証だった。そして、透視能力の代償の証でもあり、今は右目にしか残っていない。

「ルナーさんこそ体調はどうですか？　一晩中神力を酷使したんです。お疲れでしょう」

ネラの言葉にルナーはうーん、としばらく悩み、「お腹が空きました」とあっけらかんと笑った。

貴族令嬢として育ったネラは料理のやり方を知らない。実家ではシェフに任せ切りだったし、店に下宿するようになってからは、ありがたいことにメリアが毎日作ってくれた。何か食事を用意してもらおうと開店前の店に行って、メリアに事情を話す。

「あんた、その目……」

「実は片目だけですが、目が見えるようになったんです」

「本当かい!?　よかったねぇ」

メリアの姿を初めて見たが、ふくよかで気のよさそうな人だった。彼女はすぐにこちらに駆け寄って、分厚い手を頬に添えて撫でてくれた。

（……あったかい）

実の母親にも敬遠されていたため、こうして肌を優しく撫でてもらった記憶はない。メリアの手の感触に知らないはずの母性を感じて、心の奥がじんわりと温かくなり、鼻の奥が痛くなった。

「ずっと親切にしてくださって……メリアさんには感謝のしようがありません」

見ず知らずの自分を住まわせ、面倒を見てくれた彼女には返しきれない恩がある。

そう言うと、メリアは首を横に振った。

「水臭いこと言わないどくれ。困ったときに助け合うのは当たり前さ。あんただっていつも色々相談乗ってくれてただろ？　ちょっと待ってな。すぐに何か食べるもん用意するから」

（私もそのうち、お料理の勉強をしよう）

そんなことを決意しつつ、遠目で厨房に立つメリアの姿を眺めた。簡単に食事の用意をしてもらうと、ルナーはその細身の身体からは考えられないほど沢山食べた。

「うーん、美味しい～！」

彼女の皿の上には、たっぷりの蜂蜜と粉糖がかかった分厚いパンケーキが載っている。器用にナイフで切り、次々に小さな口の中に運んでいく。

「本当によく食べますね」

「んぐ……はい！　私、治癒の力が目覚めてから、すぐに空腹になっちゃうんです。食べても食べても満腹にならないのでちょっと困ってるんですよ」

ルナーは膨らんだお腹をぽんと叩いて、はにかんだ。

ネラが失明したように――いくら食べても満腹にならない体質、それが治癒力の代償なのかもしれない。

「それじゃ、また近々遊びに来ますね。経過も知りたいですし、ネラさんともっと仲良くなりたいので！」

「嬉しいです。……ふつつか者ですけど……よろしくお願いします」

「ふふ、かわいい。結婚の挨拶みたいですね」

友だちがいたことがないネラは、こういうときどう返していいか分からなかったのだ。でも、ルナーとならもっと親しくなれるような気がした。

◇◇◇

ルナーが帰った後、ネラの足は王衛隊の屯所に向かっていた。前回は道の途中でまさかのまさかで拉致されてしまい、辿り着くことさえできなかった。手にはもう杖を持っておらず、バー・ラグールを出て数分歩き、乗合馬車に乗る。移り変わる窓の外を眺めながら、のんびりと時間を過ごした。

街路樹の新緑が眩しい。春が過ぎ去り、初夏が訪れる気配がする。

王衛隊が駐留している屯所は、質素なモダン調の三階建ての建物だった。敷地が広く、修練場からは剣の稽古をする音と隊員たちの快活な掛け声が聞こえてくる。

背の高い門を潜って建物に入り、王衛隊の隊服を着た若い青年にフレイダとの面会を求めた。

応接室で待たされること十分。重厚な扉が開き、フレイダが入ってきた。

「こんにちは。急に訪ねて来られるなんて、どうされたんですか？」

漆黒の髪に、エメラルド色の瞳。

すっと通った鼻梁《びりょう》に、薄い唇。それから陶器のように滑らかな肌。

どこか女性的で、甘い顔立ちをした美男子だった。白を基調とした王衛隊の隊服がよく似合う。

王衛隊を除き、普通の警察組織は白の服を用いることが認められておらず、王室に仕えるエリートだけが許された高貴な装いだ。

「はじめまして。フレイダ様」

(ようやくちゃんとお会いできたような気がする)

最初に出た言葉は、「はじめまして」だった。姿を見て話すのと声だけでは全然違って、別の人といるような気分だ。

フレイダは、ネラと視線がかち合っていることに気づいて驚いていた。

「ネラさん、まさか目が、見えて……おられるのですか……?」

「はい」

ネラがそっと頷くとフレイダは目を見張り、泣きそうな顔をして歩いてきた。ソファに座るネラの前に跪いて顔を見上げる。そして、手を胸に当てて社交的な礼を執った。この挨拶は、騎士が仕える主に対して行うものだ。

「はじめまして、ネラさん。フレイダ・ラインと申します」

ネラは両手を伸ばして、遠慮がちにフレイダの頬を包み込んだ。夢の中で見たミハイルはぼやけていたけれど、フレイダは今、はっきりとした姿でそこにいる。

自分のために泣いているフレイダに、じわりとした温かい気持ちが溢れてきた。その涙を親指の腹で丁寧に拭うと、フレイダは頬を手のひらに擦り寄せて甘えるようにこちらを見上げた。成人男性にそぐわない、子どものような仕草が愛おしく思える。

「もっと……よく見せてください。あなたのお姿を」

「いくらでも」

顔を近づけて、少しずつ視線を動かしてフレイダの姿を確かめる。宝石のように煌めく瞳も、薄くて形のいい唇も、何もかも彫刻みたいで、想像していた姿の何倍も素敵に見えた。取り零すことのないように、左目に焼き付ける。

ネラがルナーに治してもらった経緯を話すと、聖女がいた時代を実際に生きていたフレイダはすんなり納得してくれた。

「さすがは治癒の聖女というところですね」

「ええ。まさか失った視力も回復させてしまうほどの力だとは」

フレイダの話によると、全盛期の聖女は、死者を甦《よみがえ》らせることもできたとか。

ネラはフレイダの姿を改めて見て、夢で会っていたミハイルを重ねる。

「もう一度、確認させてください。私には……あなたが慕っていたアストレアの記憶はありません。それでも、私でいいのですか？」

「何をおっしゃいますか。俺はネラ・ボワサルという女性として生きるあなたをお慕いしております。あなたが好きです。優しくて不器用なあなたを放っておけないんです」

フレイダはそう言って、甘い笑顔を浮かべた。

フレイダといると、いつも守ってもらっているような感覚がする。思い出せないだけで、前世からずっと守られていたのだと思う。

聖女の孤独を支えたのは彼で、家族と婚約者に捨てられて傷ついた占い師の心を癒してくれたのも彼だ。

「それに……ネラさんにアストレアの記憶がなくてよかったのかもしれません」

「どうしてですか？」

「傷ついた過去まで思い出してしまうことになりますから」

アストレアは裏切り者として非難され、憎まれた。思い出せば辛くなるかもしれない。それでも、前世のフレイダのことを忘れてしまったのは惜しく思う。

（私は痛みもこの人と分かち合いたい……）

フレイダはネラの横に並んで腰を下ろした。店に来たときと同じように、たわいもない話をして。

けれど、今日は彼の笑顔を見ることができている。

なんて幸せな時間なんだろう。何もしていなくても、自然と心が満たされていく。

話が途切れたころ、ネラはおもむろに言った。

「この商都リデューエルから東に行った国境付近の街、ラザムにクリストハルト様は恐らく潜伏しています」

「………」

逃亡したクリストハルトの行方を王衛隊は血眼になって調査していたが、未だに見つかっていない。フレイダは一度もネラに占ってほしいと依頼してこなかった。相手が元婚約者だから、差し出させるのは酷だと配慮したのだろう。

「あなたは相変わらず……実直な人だ」

ネラは元婚約者を売った自分に対して、自嘲気味に言った。

「実直な女はお嫌いですか？」

「いいえ。どのようなところも全部大好きです」

正直すぎる自分の性格はあまり好きではなかったが、この人が好きだと言ってくれるなら、案外悪くないのかもと思えた。

「ありがとうございます、フレイダ様。前向きな気持ちにさせてくれて、いつも感謝しています」

「……！」

ネラがにこりと微笑みかけると、フレイダは何かと戦うようななんとも形容しがたい顔を浮かべ、口元を手で隠して「参ったな……」と零した。

「あの……ネラさん」

「なんでしょうか」

こちらを振り向いたフレイダが、神妙な面持ちで告げてきた。

「抱き締めても……いいでしょうか」

「いいですよ」

「はいありがとうございま――って、えっ⁉」

当然断られるものと想定していたらしく、フレイダは自分からお願いしておいてびっくりして目を丸めている。ネラはくすっと笑い、両腕を広げた。

「どうぞ」

「………」

険しすぎる表情でしばらく逡巡した後、フレイダはネラにそっと身体を近づけ、緊張で喉を震わせながら言う。

「し、失礼します」

腕が背中に回り、きわめて慎重に抱き寄せられた。ネラも彼の大きな背中に腕を回して抱擁を堪能した。誰かに抱き締めてもらうのが、こんなにも心地いいものとは知らなかった。

「ああ、本当にどうしたらいいのでしょう。ネラさんが好きすぎて困る……」

「ふふ。私も好きです」

「追い打ちかけないでください心臓が持ちません」

先ほどの声だけに留まらず、彼の手が震えているのが目に留まり、ふたりは抱き合いながら、一緒になって笑った。

◇◇◇

「クリストハルト・スチュアスだな。人身売買の罪で逮捕する」

「なぜここが分かったんだい？」

国境付近の街、ラザムの宿にクリストハルトは潜伏していた。フレイダが手錠をかけると、庶民的で質素な服を着た彼が聞いてきた。髪は乱れきって、髭は伸びたままになっている。身分を隠してのことだろうが、ひどく情けない有り様に見えた。

「さぁな」

それなりに資金力のある人間が逃亡すると、ちょっとやそっとでは見つからない。もし国外に逃げられていたら、捜索はなおのこと困難を極めたであろう。ネラの透視能力のおかげではあるが、彼女が恨まれでもしたら本末転倒なので、占いに頼ったことは言わない。クリストハルトは失意を表情に滲《にじ》ませている。

(この男は、到底ネラさんにふさわしくない)

こんなに情けない男がネラの元婚約者だと思うと、それだけで不愉快である。

「つくづくあの女の力は忌まわしいな。彼女の婚約者になったのが運の尽きだったよ」

フレイダが何も言わずとも、クリストハルトはネラの占いが潜伏地を特定したことを見抜いているらしい。

ネラを忌まわしい女と言われ、フレイダの全身に虫唾が走った。彼女に対する非礼は、何人たりとも許さない。フレイダはクリストハルトを睨みつけ、地を這うような声で言った。

「彼女への侮辱はよせ」

「はっ、まさか君、あの気味の悪い女に本気で惚れているのかい？」

フレイダの怒りを受け取ったクリストハルトは、からかうように口角を吊り上げた。そんな生意気な男の顎をがしっと掴み、力を込める。

「黙れ。次に彼女への謗《そし》りを口にすれば、生きているのが辛くなるほどの目に遭わせてやる。下郎め」

「……とてもお巡りさんが言うセリフとは思えないね。どうやったかは知らないが、随分と手懐けられているらしい」

それでもなお無駄口を叩くクリストハルトを乱雑に突き放し、フレイダは剣を引き抜く。床に倒れ込んだクリストハルトがきらりと光る剣身を見上げて悲鳴を漏らすが、フレイダは一切躊躇することなく剣を壁に突き刺した。

剣の切っ先がハクリストハルトの髪をひと束削ぎ落とし、やつれた頬に一筋の傷を作った。血が垂れる頬を抑えながら彼は瞳に恐怖と畏怖の念を浮かべる。

「黙れと言っているのが――聞こえないのか？」

「ひっ……」

フレイダの尋常ではない殺気と威圧に萎縮したクリストハルトは口を閉じ、とうとう大人しく投降したのだった。

前世でも、アストレアを虐《しいた》げようとする者がいれば秘密裏に粛清してきた。負担を少しでも減らしてやりたいという一心で、アストレアが神聖な力で民に奉仕する裏で、汚れ仕事はなんでもやった。そうやって守っているつもりだったが、結局自己満足に過ぎず、残酷にも崇敬する彼女は目の前で逝ってしまったのだ。

この男への尋問は、フレイダ自身が担当することにした。そこで、ネラが受けてきたであろう痛みを、それ以上の形でじっくり味わわせてやるつもりだ。

生まれ変わっても、フレイダのやるべきことは変わらない。ネラが何者にも脅かされることなく、安心して暮らせるように平和を守るだけ。今度こそ、自己満足で終わらせたりはしない。

フレイダにとっては、彼女のために尽くすことこそ、至上の喜びなのである。

◇◇◇

ネラの片目が見えるようになってまもないある日。

フレイダは有給を取って、ネラを外出に誘った。せっかく目が見えるようになったのだから、その目を楽しませたいという思いとお祝いの気持ちがほとんどだが、残りは——彼女とデートがしたいという下心だった。

「ネラさん、こんにちは……」

午前中、バー・ラグールに迎えに行くと、ネラは店の入り口から出てきてこちらを見上げた。金色の輪が片方に浮かぶ美しい瞳と視線が合い、思わず息を飲む。

(慣れないな、この感じ……)

今までなら、ネラと目が合うということはなかった。前世を含めても、一度も。

見つめ合うという何気ないことに対して、どきどきと脈拍が加速する。ネラはそんなフレイダの気も知らず、不思議そうに首を傾げた。

「……？　こんにちは。フレイダ様」

そよそよと風が吹き、ネラの銀糸のような髪をなびかせる。彼女は後れ毛をそっと耳にかけながら、フレイダに微笑みかけた。その優しげな表情に、ずぎゅんと胸を射ち抜かれたような感覚になる。

アストレアはとんと笑わない娘だったが、ネラはぎこちないながらも笑ってくれる。それが、雲間から差した陽光よりも眩しく見えるのだ。

会って早々、彼女はどれだけ自分をときめかせるのだろうか。

そんな幸せな抗議を心の中でして、平然を装いながら、ネラの腕にそっと触れる。

「さ、馬車はこちらです」

腕を引いて誘導しようとしたところで、ネラが小さく笑う。

「あの……フレイダ様。もう目は見えているので、誘導は必要ありませんよ」

「あ、ああ。失礼しました。つい、いつもの癖で……」

「いえ。それだけ私がお世話になっていたということですから。感謝しています」

フレイダはぱっと腕を引っ込め、決まり悪く謝罪を口にする。

スマートで紳士なところを見せたいのに、彼女の前でどうにも空回ってしまい、格好がつかない。

フレイダはそれでもめげず気を取り直して、片手を差し伸べる。

「ですが、俺にエスコートさせてください。その……嫌でなければ、お手を」

すると、ネラはほのかに頬を朱に染めて、こちらの手に自身の細くしなやかな手を重ねた。

「嫌なはず、ありません」

馬車に揺られながら向かった先は、フレイダが治めるライン侯爵領だった。ライン侯爵領はヴェルシア教皇国時代に第二教区だった場所で、フレイダの前世、ミハイルが管理していたことがあった。領内には、預言の聖女アストレアを祀る教会がある。ネラにどこか行きたい場所はあるかと尋ねたところ、答えたのが――アストレアの墓参りだった。

移動中、向かい側の座席で窓の外を眺めているネラに、おもむろに問う。

「……どうして、アストレア聖下のお墓に行きたいのですか?」

「夢の中で何度か……彼女の記憶を覗き見たことがあるんです。なんだか、呼ばれているような気がして。冥福をお祈りするのと……生まれ変わった私が、今ここで生きていて、幸せであることを伝えるつもりです」

「そう……ですか」

アストレアは生まれ変わり、今世でネラとして自分の目の前にいる。あの墓に、果たしてアストレアが今もなお眠っているのかは分からないが、フレイダはこれからも供養していくつもりでいる。

二時間ほど馬車に乗り、ライン侯爵領に到着した。

ライン侯爵領は広大な面積を誇り、自然が豊かで、人の出入りも盛んだ。フレイダはネラを連れてまず、最も栄えている中心街に行った。

大きな石畳の街道に、ぱっかぱっかと馬の蹄《ひづめ》の音が響き、次々に馬車が往来していく。街道の脇には、様々な外装の店が軒を連ねており、美味しそうな食べ物の匂いが時折鼻先を掠める。

豊かな街並みはネラの目を楽しませるようで、口角がわずかに上がっている。

(よかった。少しは楽しんでいただけているようだ)

「何か欲しい物はありますか？　食べたい物は？」

「少しだけ、服を見てもいいですか？」

「もちろんです……！　いい店を知っているので、ご案内いたします」

「ありがとうございます」

興味のあることを打ち明けてくれるのが、なんと幸せなことか。

ささやかすぎる喜びを密かに噛み締めるフレイダが案内したのは、中心街の中でもとりわけ上等な衣装屋だ。入店して早々、店員たちが集まってきて恭《うやうや》しく礼を執る。

店内は華やかな装飾が施されていて、様々な流行のドレスや、帽子、靴などが展示されていた。貴族や裕福な上流階級が主な客層で、品質は保障されている。太陽のごとく輝く彼女の玉体を飾るのは、最高品質の衣装でなくては。

ネラは、ショーウィンドウの真ん中に置いてある、白が基調となったシンプルなドレスに視線を留めていた。袖とスカートがレース素材になっていて透け感があり、精巧な刺繍が施されている。

怜悧な美貌を持つネラにぴったりなデザインだった。けれど彼女は、トルソーの足元の名札を見て、わずかに眉をひそめている。

確かに、一般庶民には手が出せない金額だった。他のどの商品も、質がいい分値段もそれなりだ。

「そのドレスが気に入ったんですか？」

後ろから囁きかけると、ネラはぴくっと肩を跳ねさせてフレイダを振り返った。

「はい。でも私……そんなにお金を持っていなくて……」

「お金のことなんて、気にしなくていいんですよ。——すまない、そこの君。このドレスと、これに合う装飾品を見ていただきたい」

「あの、フレイダ様、それは申し訳な——んぐ」

ネラの形のいい唇を人差し指で塞ぎ、目配せする。

「俺がそうしたいんです。毎日身を粉にして働いているんですから、稼いだお金でせめて、好きな女性に服を買う褒美を与えてやってはくれませんか？」

「フレイダ様……。ありがとうございます」

フレイダの指示で、店員がいそいそと対応を始める。ネラは、店員から提案された中からいくつかの装飾品を選んだ。ネラが楽しそうに商品を選んでいる姿を見て、フレイダはただただご満悦だった。

購入する商品が決まった後、会計をするからといって、ネラをソファに座らせる。そしてフレイダは店員にこっそりと伝えた。

「彼女が悩んでいた他の候補も全て買う」

「……かしこまりました」

ネラはフレイダに気を遣って、他に気に入ったものがあってもひとつずつしか選ばなかった。だから彼女に気づかれないようにこっそりと買い、バー・ラグールに届くようにした。

会計を済ませ、ふたりで街道を歩く。

「沢山買っていただいて、なんだか申し訳ないです。でも、大切にしますね」

「きっとどれもお似合いになります。あのドレスを着たお姿を、ぜひ見せてください」

「分かり……ました。次はどちらに？」

「花屋に行きましょうか」

アストレアの墓に供える花を買うのが目的だ。

先ほどのドレスの店とはまた違った、こじんまりとした店に入る。看板は古びていて文字が読めず、屋根の塗装も剥がれかかっているが、それはそれで味があってよい。

出迎えてくれたのは若い女性店員で、フレイダをひと目見るなり、猫撫で声で「いらっしゃいませ」と言った。しかし、すぐ後ろにネラの姿を見て、女性連れであることに気づいた彼女は明らかな落胆の表情を見せた。

出先で女性たちが自分に色めき立つことには慣れているが、ネラが嫌な気分になるといけない。今回は幸いなことに、ネラは気づいていなかった。

フレイダは、数多く並ぶ花の中からカーネーションを選び、花束にしてもらった。

「カーネーション……」

その様子を横で見ていたネラが、ぽつりと呟く。

「カーネーションが……どうかしましたか？　何か気になることでも？」

「あ、いえ……実は私、昔からカーネーションが好きなんです」

「……」

それを聞いたフレイダは、懐かしむように頬を緩めた。

「アストレア聖下が一番お好きな花も——カーネーションだったんですよ」

「そう……なんですね」

前世の名残が、意外なところにも残っているらしい。

するとなぜか、ネラの表情がわずかに曇った。花屋を出てからも、ネラの様子はどこか変だった。

自分が愚かにもおかしなことを言ったりしてしまったのではないかと、今までの行動を振り返っていると、彼女がふいに言った。

「私と聖女アストレアは……似ているんですか？」

「ええっと……そうですね……」

ネラの姿を見下ろしながら、フレイダは顎に手を添えた。上から下まで、ネラを観察して思案する。

確かに外見は、瞳の輪っかが片目か両目かと言う違いを除けば瓜ふたつ。声のトーンや抑揚もほとんど同じ。それに、物静かで口数が少ない性格もよく似ている。

「はい。とてもよく似ておられます。時々、ネラさんと接していると聖下の姿に重なることもあって――」

「それ、嫌です」

「え……？」

ネラは立ち止まり、フレイダを見上げた。その表情は、今にも泣いてしまいそうなくらい悲しそうなもので。

「フレイダ様が私を想ってくださっていることはよく理解しております。ですが、私を通してアストレアのことも想っておいででしょう。それが、たまらなく切なくなります。アストレアはアストレア、私は私です。私と話しているときに、別の女性のことは考えないでほしいです。私のことだけを見ていて――」

「……！」

その直後、はっと我に返ったようにネラは顔を赤く染め、手で口元を押さえる。発してしまった言葉は、もう取り消すことなどできないのに。

ネラの切実な願いを受け、フレイダの胸がきゅうと甘く締め付けられる。

ああ、自分はこの人に望まれている。独り占めしたいと思われている。

そんな実感が、頭がくらくらするほどにフレイダを高揚させた。愛おしさに全身が痺れ、立っているのがやっとだった。

（あなたって人は、なんていじらしくて、なんて可愛らしい人なんだ……。ネラさん）

今、自分の心をこんなに惹きつけるのはネラだけなのに。この胸にある深く苛烈《かれつ》な愛情を、刃物か何かで掻き出して、彼女にそのまま取り出して見せることができたらどんなにかいいだろう。

他方、自分が失言をしてしまったと狼狽《うろた》えているネラは、目をあちこちに泳がせながら、一歩、二歩と後退した。

フレイダはネラの細い腕を掴み、ぐいとこちらに引き寄せる。そして、目を逸らそうとする彼女に言った。

「嫉妬……なさっているんですか？　前世のご自分に対して……」

「お願い、今のは忘れてください……」

「いえ、忘れません。だって、あなたがご自分の気持ちを打ち明けてくださったことが、すごく嬉しいんです」

それがどんな感情であろうとも、フレイダにとっては宝なのだ。

頑なに目を逸らしていたネラが、ゆっくりと視線をフレイダに戻す。サファイアのような瞳に吸い込まれそうな感覚になりつつ、フレイダは自分の想いを伝える。

「俺のせいで不安な思いをさせてしまって申し訳ありません。ですが唯一言えるのは、俺は他でもなく、目の前にいるあなたに夢中になっているということです」

「……！」

「不安になったらその度にお伝えします。ネラさんと話しているとき、傍にいるだけではありません。ひと息吐くたびに、あなたのことばかり考えているのだと。でもこれからはもっと、あなたのことだけを見て――」

「……から」

「……？」

「もう……いいですから。十分分かったので、それ以上は……」

頬を紅潮させたネラは、掴まれた手を振り解き、降参でもしたかのように肩を竦めた。

ネラに惹かれたきっかけは、彼女がアストリアの生まれ変わりだということだった。かつて恋い焦がれていたアストレアとネラは似ているものの、別の人間だ。

けれどネラと関わっていくうちに、家族に疎まれ、辛い境遇にあってもひたむきに生きている彼女自身に恋心が芽生えていった。

前世は関係なく、ただ純粋に、目の前にいるネラ・ボワサルに首ったけの自分がいるだけなのである。

◇◇◇

ネラは激しく自責していた。つい弾みでフレイダに「私のことだけを考えていて」などと束縛するようなことを言ってしまったことについて。

自分はかなり理性的な方だと思っていて、客から暴言を吐かれ、時に水をかけられることがあっても冷静でいられるが、フレイダの前ではなぜか調子が狂ってしまう。感情的になって言葉をぶつけるなど、今までのネラならありえないことだった。

(どうしてあんなことを言ってしまったのかしら……)

フレイダの心に住み続けているアストレアの存在は気にしていたが、あんなわがままを言うつもりはなかった。

穴があったら入ってしまいたい。けれど、せっかくフレイダが忙しい中で時間を作ってくれたのに、デートの途中で逃げ出す訳にはいかない。

ネラはなけなしの平常心を掻き集めて、どこかに入れる穴はないかと探しながら彼の隣を歩くのだった。

フレイダがネラを通してアストレアだけを見ているのではないことは、分かっている。それでも、フレイダを構成する要素である前世の記憶が自分にないことが、ネラには引っかかっているのだ。

なんとなくふたりとも無言のまま、中心街から二十分ほど歩いた先に、小さな教会があった。

「ここが、俺がかつて管理していた第二教区の教会です。建物は新しくなっていますが」

三百年前は人々の信仰心が今よりずっと強く、教会の建築にかなりの予算を費やしたため、もっと壮麗で立派な佇まいだったとフレイダは苦笑した。

アストレアの墓は、教会の庭にひっそりと佇んでいた。三百年前に作られたものなのでかなり古びているが、丁寧に石を磨いた形跡がある。

「この墓を管理してくださっているのは……フレイダ様ですか?」

「恐れながら。仕事が忙しくてあまり来られないのですが、月命日には掃除をしに来ています」

フレイダはごく自然な仕草で花を手向け、手を合わせた。ネラも彼に続いてそっと目を閉じ、祈りを捧げたそのとき――

「……！」

ネラの瞼の裏に、膨大な映像が流れた。

それは来る日も来る日も、ミハイルがアストレアの墓に通う姿だった。雨が降ろうと、雷が落ちようと、強風が吹き荒れようと関係ない。ミハイルはただひたむきに、亡き主人のことを想い続けていた。そして最後には、青年だったミハイルが白髪の混じった老人になる。

（本当に……愛されていたのね、アストレアは。こんなにも愛してもらっていたのにどうして私には……何も思い出せないのかしら）

もし自分に前世の記憶があったら、アストレアに嫉妬することもなかったはずだ。たとえ、アストレア時代の葛藤や悩み、フレイダとの別離の悲しみを思い出すことになったとしても、自分だけ何も知らずにいるよりはいい。

フレイダと大切な過去の記憶を分かち合いたかった。過去の傷も一緒でいいから、この人に愛されていた記憶をないものにしてしまいたくなかった。

今日、アストレアの墓に行きたいとフレイダに言ったのは、アストレア時代の記憶を思い出す手がかりを得られないかと思ったからだ。

ネラはゆっくりと瞼を持ち上げて、透視能力を発動させる。

（私も前世の記憶を取り戻したい……。フレイダ様と同じ世界を見たいわ）

そのとき、ネラの瞳に浮かぶ金色の輪が神々しい光を放った。

「ネラさん……？」

それを目にしたフレイダが、どうしてここで能力を使うのかと首を傾げる。ネラはしばらく意識を集中させたが、何も視ることができなかった。けれど代わりに、こんなひと言が降ってきた。

『承った』

それは女の声。夢の中で幾度となく聞いてきたアストレアの声だった。

透視を止めると、目の光も消失していく。フレイダは透視でネラが何を見たのか、あえて聞いてこようとはしなかった。

墓参りを終えた後、ふたりは教会の中に入った。礼拝堂に並ぶベンチのひとつに腰を下ろす。

「今日はとても楽しかったです。お忙しいのに時間を作ってくださってありがとうございました」

「とんでもない。こちらこそ凄く楽しかったです。またいつでも一緒に出かけましょう」

「はい……」

ネラは礼拝堂の最奥の祭壇を見据えた。台の上に食べ物と飲み物が供えられ、その向こうに大理石でできた女の像が佇んでいる。長い髪に、サークレットを頭に付けた神秘的な女。そして、その面立ちは、アストレアとネラに酷似していた。

「あの像は、もしかして——アストレアですか？」

「はい。……実は」

小さく頷いたフレイダが、像について説明する。

あの像は、アストレアの死後にミハイルが命じて作らせたものだった。裏切り者の像を作るなど不謹慎だと民衆は反発し、取り壊すようにミハイルに訴え、挙句の果てには石を投げつけることもあったそうだ。

けれどミハイルは寿命が尽きるまで像を守り抜いた。彼の死後、部下がアストレアの名前の刻印を削り取った。それから三百年近く、名前の分からない女神像として、この教会で保管されてきたという。

「あなたが守ってくださったものを目で見ることができて……よかったです。とても美しくて見事な像……」

美しい曲線を描く像をぼんやり眺めていると、横からフレイダが言った。

「この世界には、もっともっと美しいものがたくさんありますよ。あなたに見せたいものがどれだけあるか分かりません」

ネラはひと呼吸置いてから応えた。

「私……こうも思うんです。目が見えない時間を経験できて……とてもよかったなと」

「え……」

もう二度と、世界を自分の目で見ることができないと絶望した。だがその苦しみがあったからこそ、再び見えるようになった世界が愛しく思えるし、どれだけありがたいことが身に染みて分かるようになった。

それだけではない。目が不自由になり、はっとするような人の冷たさに触れた反面、優しさに気づくこともできるようになった。痛みを経験したことで、他人の悩みにも以前よりも寄り添えるようになった気がする。

無駄なことなどなかったのかもしれない。

ネラはフレイダにそう語り、最後に付け加えた。

「それに、婚約を解消されたあの日、自分の力で生きていく決心をして家を出ていなければ……フレイダ様にも会えていませんでしたから。辛いことはたくさんありましたが、今の私を構成している血肉だと思って、これからも前を向いていこうと思うんです」

「……ネラさんは、すごいです。強くしなやかで……、本当に尊敬いたします」

感激したフレイダはわずかに目を潤ませて、ネラの手を両手で包むようにして握った。

「ぜひ、これからも隣で支えさせてください」

フレイダの真摯な眼差しに射抜かれ、途端に心臓の鼓動が言うことを聞いてくれなくなる。彼が触れている場所が熱くて、甘やかな痺れが全身に広がっていく。

「フレイダ様は……ずるい人ですね」

「え……？」

「そうして触れられる度に、私ばかりどきどきしたり、胸が切なくなったりします……」

「……！」

ネラが上目がちに言えば、フレイダはかすかに目の奥を揺らした後、ふっと笑った。

「何をおっしゃいますか」

彼は掴んだままのネラの片手を誘導し、自分の胸に押し当てた。体温と一緒に、通常よりも鼓動が速いことが手のひらに伝わる。

(鼓動が速くなってる。もしかして、フレイダ様も私と同じ……?)

すっと視線を上げれば、フレイダの熱を内包した眼差しがネラの姿を捉えていて。相手に翻弄され、のぼせ上がってしまうのは自分だけではないのだと、ネラは理解した。

「俺がどんなにあなたに恋い焦がれているか——これで伝わりましたか?」

甘い囁きを鼓膜へと注がれたネラは、こくんと首を縦に振ることしかできなかった。

幸せなふたりのひとときを見守る無表情の女神の像が、心なしか微笑んでいるように見えた。

その日の夜。

またアストレアの夢を見た。いつもなら暗い血の海の中にいて、フレイダの腕の中で絶命するシーンのはずだが、今日は花畑の中にいた。

「アストレア……?」

自分と瓜二つの容姿で、白いローブにサークレットをつけた女に話しかける。

彼女は頷いた。

「私の唯一の心残りは、あの人だった」

アストレアはこちらに光の塊を差し出した。

「これを受け取ってほしいの。私にとってもあなたにとっても、とても大切なものだから」

ネラはためらわずにその光の塊に手を伸ばした。

その刹那、大地を彩る花々がぶわっと宙に舞い上がり、眩い光の粒が離散して目を眇める。

光の塊を受け取った瞬間、全身にびりびりと稲妻が走った。

六章　エリート騎士に求愛される

ネラの目が見えるようになってから二ヶ月。

逃走していたクリストハルトは王衛隊によって身柄を拘束された。彼は父親と同じように実刑判決が下され、離島の収容所に送られるようだ。

修道院に入ったリリアナからは度々、「ここから出してほしい」という旨の手紙が届くようになった。かなり禁欲的な生活を強いられているらしく、辟易しているのが文章から伝わってきた。

修道院に入って、ひどい遊び癖もマシになるといいが。病は治るが癖は治らず、なんて言葉もある。

ネラは妹からの手紙を引き出しに戻し、一階のバーに下りた。今日も仕事の開始だ。

ここのところ、以前より雰囲気が柔らかくなったと言われることが増え、客が一段と多くなった。片目の視力を取り戻したことで、世界の終焉まで見透かすほどの透視能力はなくなったが、個人の占いで使う程度の力は維持したままだった。また、無自覚に能力が発動することが少なくなって、以前よりずっと暮らしやすくなった。

「あのぅ……予約していたニアっていうんですけど……」

「お待ちしておりました。そちらにおかけください」

今日ひとり目の予約は、ニアという少女だった。

赤髪おさげの内気そうな彼女は、向かいの椅子に座り、時々苦しそうに咳き込んだ。

「実は私、ずっと病気で伏せっていたんです。でも減薬したら、少しずつ体調がよくなってきていて」

「それはよかったですね」

「は、はい。闘病中、兄が甲斐甲斐しく世話をしてくれました。今日はその……兄のことを相談したくて」

ニアの声が震えだして、目に涙が浮かぶ。何か辛い事情があるのだと予想して話を聞いてみると、兄はある日突然「すまない」と手紙を残して家を出ていってしまったとか。

（これはまた……難儀な）

話を聞いている最中に映像が視えた。縁とは不思議なもので、失踪した兄は妹リリアナの元浮気相手であり、ネラを誘拐したゼンのことだった。色々と思うところがあったとしても、私情を介入せずに占うのが信条である。

「では、お兄様の行方を占う……ということでよろしいでしょうか？」

「いえ。兄がどこに行ったかは分かっています。兄はずっと、悪いことをして私の治療費を稼いでいました。だからきっと、警察に捕まったんだと思います」

「………」

人身売買の仕事から足を洗うように、ゼンにアドバイスしたのはネラだ。そして、毒が混じった薬を飲むのを止めさせるように言ったのも。

「私……兄がどうやってお金を捻出していたか知ってたのに、早く病気を治したい一心で知らないフリをしていたんです。兄に甘えて、兄の手を汚させて……最低ですよね。私はどうしたらいいのか占ってください」

「……かしこまりました」

ネラはそっと目を閉じて、いつものように意識を集中させる。

「――視えました」

「は、はい」

「お兄様はいずれあなたの元に帰られます。だからそのときまでに、元気になれるよう静養せよと」

「でも……」

ニアは占いの結果が不満のようだった。水の入ったグラスをぎゅっと握り締めて言う。

「そんなの、ズルくないですか？　兄を犠牲にして、自分だけいい思いをして。私なんて……幸せになる価値はないんです」

ネラは、フレイダを庇って死んだアストレアのことを思い出した。彼女は彼の幸せを願って自分の身を賭した。彼に生きていてほしい。ただ、それだけだった。

「お兄様がご自分の手を汚してまで願ったのは、あなたが健やかに生きることではないでしょうか。そして……お兄様が過ちを犯したことと、あなたが幸せになってはいけないということは結びつかないと私は思います。これまで頑張ってきたご自身に、どうか幸せになることを許可してあげてください」

なんの取り柄もないから愛される価値はないと自分を呪っていたネラには、目の前のニアがかつての自分と重なる。

ニアは俯き、しばらく悩み込んでから、何かを決意したように顔を上げた。

「そっか……今、すごく救われた気持ちになりました。私、兄のために早く元気になります。兄が帰ったら、一緒に罪を償いたいから……！」

椅子から立ち上がり、深く礼をして帰っていった彼女は、どこか清々しい様子だった。

コップの水を飲んで、ネラは一息つく。壁に飾られた時計に視線を向けて時刻を確認すると、次の占いまでは十五分ほど間があった。

「ねぇ、あたしのことも占ってよ。お姉様」

「…………」

少し休憩しようかと思ったそのとき、修道服を着た娘がネラの向かいに座った。

彼女は――妹のリリアナだった。以前はふっくらしていた頬がやつれていて、修道院での生活の辛さを想像させる。彼女は足を組んで座り、ふてぶてしくネラに命令した。

今まで一度だって、自分のことを占ってほしいと言ったことはなかったのに。

「こんなところまでどうやって来たの？」

「どうやってって……抜け出してきたのよ」

修道院は監視が厳しく、簡単に外に出ることはできないはずだが。

「ほら、さっさと占って」

「分かったわ。依頼内容は？」

次の予約まではあと十五分ある。妹は一度こうだと言ったら引き下がらない頑固な性格なので、面倒だが大人しく従うことにした。次の依頼者が来るまでにさっさと済ませて帰そう。

依頼内容をメモするために紙とペンを取り出すと、リリアナはびっくりして目を見開いた。

「あ、あんた、まさか目が見えるようになったの……？　それに左目が普通の目になってる……！」

「ええ」

「そんな……っ！　ずるいよ。お姉様ばっかりいい思いして」

いい思いばかりしている訳ではない。婚約解消されて家を追い出されたり、誘拐事件に巻き込まれたり、紆余曲折《うよきょくせつ》を経てきての、今だ。

「色々あるわよ、私も。それで、何が聞きたいの？」

「……修道院から出る方法を占ってほしいの。あたし、もううんざり！」

普通、一度修道院に入ったら簡単に外には出られないものだが、リリアナは二ケ月ですっかり音を上げてしまったようだ。

「分かった」

透視をしてみると、やはり一年の見習い期間は途中でやめることができないみたいだ。その後、終生誓願の確認があり、一生修道女として生きるか、世俗で暮らすかの選択を迫られる。なんと父はその誓願書に勝手にサインするつもりでいるらしい。終生誓願をしてしまうと、この国の宗教の制度では一生外には出られなくなる。

父がサインをしたら一生出られないことを伝えると、リリアナは青ざめてわなわなと震え出した。

「そんなのってない……。一生あんなところにいるなんて絶対嫌っ。お願い、あたしに占いのやり方を教えて！　あたしも働くからここに住まわせて！」

「え……？」

突飛な要求にネラは面食らった。散々邪魔者扱いして、気味の悪い力だと馬鹿にしてきたのに、占いを教えてほしいと言われる日が来るとは夢にも思わなかった。

「嫌よ」

ネラはその頼みをばっさりと斬り捨てた。押しに弱いネラが断るのは想定外だったらしく、リリアナは唖然とした様子で目を瞬かせる。

「な、何よそれ、生意気っ。もったいぶってないで占いのやり方くらい教えなさいよ」

ネラの占いは生まれつきの透視能力を使っているし、普通の人が身につけるのはそもそも難しい。

「それと……ここに置いてあげることはできないわ。私はたまたま空き室があって住まわせてもらえただけ」

「ならその部屋にあたしも置いて」

人に物を頼む立場でありながら、上から目線で要求するリリアナにほとほと呆れてしまう。今までなら、機嫌を損ねるのが煩《わずら》わしくて、頼まれれば言うことを聞き、金切り声で怒鳴られても大人しくしてきた。

けれどもう、ネラは自分の気持ちを封じ込んだりしないし、嫌なものは嫌だと言うつもりだ。だって、元婚約者が妹を選んだとき、自由に生きていくことを決めたのだから。

「できないわ。店の方に迷惑になるから」

「なっ……」

立て続けに拒絶されたリリアナは困惑している。

(どうしよう。困ったわ)

もうすぐ次の予約の客が来る。まだ話の途中だが、一旦帰ってもらわなくては。

「リリアナ。もう次のお客さんが来るから、一度帰ってくれる?」

「じゃあ、そのお客さんの方をキャンセルして」

「嫌よ。仕事だからそういう訳にはいかないわ」

「さっきからあれも嫌、これも嫌って、どうして言うこと聞いてくれないのよっ。あたしが弱い立場にいるからって図に乗って、ムカつく……!」

かなり切羽詰まっているようで、リリアナはいつになく余裕がない。ひと呼吸置いてから、ネラは自分の思いをはっきりと告げた。

「これまでは腹違いでも妹だから情けをかけてきたけれど、それはもうおしまいにするわ。ただ無条件に手を差し伸べるのはあなたのためにならないと思ったから。あなたは修道院で更生するのよ」

「はっ、あたしのためにならない……？　何を偉そうに。ただ薄情なだけじゃない……！」

「薄情者で結構よ。そうね、この際だからはっきり言うわ。私はもうあなたの顔も見たくないの。ごめんね」

「生意気な……っ！」

すっかり機嫌を損ねたリリアナは、コップを手に取ってネラに水をかけようと振りかざした。ネラはぎゅっと目を瞑ったが、予想していたような、水に濡れる感覚が襲ってこない。

「そこまでです」

「な、に……？」

リリアナの腕をフレイダが掴んでいた。底冷えしそうな冷たい目付きで彼女を見下ろし、コップをすっと取り上げる。

「この時間は俺の予約でして。その席、譲っていただけますか」

「え！　もしかして以前助けてくださったお巡りさん……？」

フレイダの姿を見て、リリアナは目を瞬かせる。驚いた顔は、次の瞬間恋する少女のような顔に変わった。ふたりは知人だったのだろうか。

「さぁ。どのときでしょうか。思い出せませんね」

「絶対そうだわ！　あたし、ちょっと前にお世話になったんです。奇遇ですね！　店員さん、もう一脚椅子を用意してくれます？」

リリアナは自分も一緒に会話に参加する気満々だったが、フレイダはそれを制した。

「その必要はありません。あなた、その修道服はアズベル教区の教会のものですよね。そこの司教とは知り合いですが、脱走は厳重に罰すると聞いています」

「ま、まさか、告げ口するつもりですか？」

「いいえ。でも罪が重くなる前に、早急に帰った方がいいかと。俺から司教に今回は許してもらえるよう口添えしますよ」

脱走を咎《とが》められるのがよほど怖いらしく、リリアナは悔しそうに肩を震わせる。フレイダには司教への口添えを要求して、ネラに対しては「また来るから」ときつく睨みつけてから帰っていった。

フレイダは肩を竦め、ネラに尋ねる。

「二度と修道院を出られないようにすることもできますが、どうしますか？　それとも二度とあの無礼極まりない口を利けなくしますか？」

「怖いです」

フレイダはにこやかな笑顔で怖いことを言う。ネラのためなら、本当に何をしでかすか分からないので恐ろしい。

「……お構いなく。フレイダ様に犯罪者になってほしくないので」

フレイダが手出しするまでもなく、どの道リリアナは父の意向によって二度と修道院から出られないのだから。

ネラは妹が帰っていったので、ほっと安心して肩の力を抜く。フレイダが来てくれなければ、きっと今も店にいて駄々を捏ねたり喚いたりしていたかもしれない。

「お騒がせしてすみませんでした」

「いえ」

「本日の依頼内容は？」

想いを伝え合ってからも、フレイダはこうして変わらず店にやって来る。たまに休日にデートに行ったりして、ふたりのペースでゆっくりと仲を深めている。

今日は久しぶりの占い依頼で、相談事があるとあらかじめ言われている。フレイダは向かいの椅子に座り、真剣な面持ちで言った。

「あの、実は好きな人のことを相談したくて」

「好きな……人」

好きな人なら目の前にいるが、これはちょっとした茶番なのだと理解し、ネラは乗ってあげることにした。

「はい。どんなお悩みですか？」

「連続誘拐事件が解決しましたので、近く、王都に戻らなくてはならないんです。これを機に……求婚しようと思うんですが、どうでしょうか？」

「…………」

どうもこうもなく、これでは実質今が本番みたいなものだ。求婚を考えている本人に打ち明けているのだから。ほのかに赤みが差したフレイダの表情から、緊張がひしひしと伝わってくる。

ネラはくすりと笑い、占わずに回答を伝えた。

「成功確実、だそうです」

「……それは安心しました」

フレイダは柔らかな眼差しでネラを見据える。

「ネラさん、愛しています。俺と一緒に王都に来てくださいますか？」

それが、彼なりの求婚の言葉だと理解した。もちろん答えはたったひとつだ。

「はい。喜んで」

笑顔で答えると、フレイダのエメラルド色の瞳からほろっと感激の涙が零れた。彼は凛とした見た目にそぐわず、涙脆い一面がある。ネラが懐からハンカチを取り出して渡すと、すみません、と鼻をすすりながらハンカチを受け取った。

「……相変わらずよく泣くわね。ミハイル？」

ネラは、フレイダから前世の名を聞かされていない。知っているとすればフレイダの他には――アストレアであろう。

「…………！」

「――なんて」

フレイダは受け取ったハンカチを床に落とした。瞳を大きく見開いて固まっている。

「アストレア、聖下……？」

「アストレアでもあり、ネラでもある……というのが正しいかしら。あなたがフレイダとして生きているのと同じで」

夢の中でネラがアストレアから渡された光の塊は——前世の記憶だった。

アストレアもネラもほぼ同じ人格だったので、融合した際の違和感はほとんどなかった。ただ、裏切り者として死んだときの無念も、ミハイルと過ごした大切な記憶も全て蘇っている。

「ずっと、言いたかったことがあるの」

「……はい」

「私の味方でいてくれて、最期まで私を守ってくれてありがとう、と」

アストレアもネラと同じで、なんでもひとりで抱え込み、自分の気持ちを外に出すのが苦手だった。本当は、ミハイルに伝えたかったことが沢山あるのに、本当は大好きで仕方がなかったのに、愛されることを臆していた。

「当然のことです。俺は持てる全てをあなたに捧げる覚悟でお仕えしておりました。……なのに、部下でありながら守りきれず、あなたを死なせてしまい申し訳ありません」

謝らないで、とネラは首を横に振る。

裏切り者として殺されたことなんてどうでもよくなるくらい、家族に疎まれて家を追い出されたことも忘れてしまうくらい、今は目の前の人のことしか考えられない。渇いていた心は彼の愛情でいっぱいに満たされている。

（自分を大切にしようと思えたのはきっと……私の可愛い騎士のおかげ）

もう、国を守る聖女としての立場はない。しがらみから解放された今は、目の前の人のために生きていきたい。

生まれ変わっても人の本質はそう変わらないようで、ネラもアストレアと同じように、つい自分の気持ちに寄り添うことを忘れて卑屈になりがちだった。前世も今世も共通して言えることは、自分をがんじがらめにして苦しめていたのは、環境、家族、婚約者でもない——自分自身だったのだ。

自分が幸せになれない理由を作り出し、本当の望む生き方から目を逸らし続けてきた。もう、自分を責めるのはおしまいだ。過去に傷ついてきたことは、今自分が幸せになることと関係ない。

取り柄がなくても、誰かに否定されても、これからは自分の気持ちに素直になる。欠点さえ受け入れて、自然体な心のまま自由に生きていくのだ。

「あなたには……視えておられたのですか。この未来が」

「……」

死ぬ前にアストレアがミハイルに「いつかまた会える」という言葉を遺したのを思い出した。でもあれは、予言でもなんでもなく——ただの願いだった。

あのときアストレアは知らなかった。平和な時代に生まれ変わり、もう一度出会うことを。

小さく息を吐いて、前置きをする。「私のこと、最低な女だと思ってちょうだい」——と。

「な、何をおっしゃいますか！　あなたは最も偉大で崇高な聖女様です」

「あのとき、何も視えてなかったの。ただ、私のことを忘れないでいてほしかった。あわよくば、ずっと先まで私のことだけを想っていてほしいって思ったの。でも私が遺した言葉は、あなたを縛り付ける呪いにしかならなかったわね」

アストレアは民衆の心を守った気高い聖女だったかもしれない。けれど、どこにでもいる普通の娘だった。先に死んでしまっても好きな人の心に住み続けたいと願う、不器用な娘だった。

フレイダが「違いますよ」と言う。

「あなたはまだ俺のことを理解していないようだ。あなたが与えてくださるものなら、呪いであろうとどんなものだって宝です」

「……ありがとう。こうして私のことを見つけてくれて。不器用でだめなところばっかりな私を好きでいてくれて。私はその恩にどう報いればいい？　何を返せる？」

地位も名誉も何も持っていないけれど、フレイダに何かしたいという思いだけはある。

「ただ、お傍に俺のことを置いてくださるだけで、夢のようです。欲しいものなど何も――」

「全部あげるわ」

「ぜ、ぜんぶ」

「そう。私が持っているもの、私があげられるものは全部――あなたに」

「お、お戯《たわむ》れを……」

そう言ったフレイダの声は少し裏返っていた。そして何を想像したのか、あちらこちらに視線をさまよわせてから、顔を赤くして俯いてしまった。

ネラは真剣な顔で、冗談ではないのだけれど、と呟いた。

「……あの」

急にフレイダの顔が曇ったので、どうしたのかと首を傾げる。

「求婚は受けてくださる……ということでいいんですか？　アストレア聖下は俺のこと……その、

どう思っていらっしゃったんでしょう。ずっと、俺の片想いでしたか？」

アストレアだったとき、一度も自分の好意を伝えたことはなかったし、彼の好意を受け取ることも拒んだ。それは、聖職者に恋愛はできないという戒律だけが理由ではなかった。

もし想いを通じ合わせてしまったら、決心が揺らいでしまいそうだったから。汚名を被って、国の秩序を守るために裏切りの聖女として死ぬ決心が。

加えてアストレアは、不器用で臆病な性格でもあった。だから、フレイダはアストレアがミハイルのことをどう思っていたか知らずにいる。

ネラはちょいちょいっと手招きして、顔を寄せるように促した。フレイダがテーブル越しに向こうの席から身を乗り出してくる。その彼の耳に、内緒話をするように、手を添えながら小声で囁きかけた。


「――初恋だったわ。前世も今世も」


婚約者にも、他の誰にも選ばれなかったとしても、この人に愛されるなら、それでネラの心は満ちているだろう。

悲劇の聖女とその部下は、生まれ変わってただの占い師と騎士になった。

ふたりが夢に見た本当の自由と幸せな日々は、これから始まる――

後日談　おかえりなさい

ネラはバー・ラグールを辞めて、ライン侯爵領へ引っ越した。

散々お世話になったメリアとの別れは寂しかったが、彼女は「楽しくやりな」といつもと変わらない笑顔でネラのことを送り出してくれた。

ライン侯爵領の中央街に、フレイダは大きな屋敷を構えていた。広い建物の中は隅々まで清潔に保たれ、品の良い調度品が揃っている。

「ネラ様、朝でございます。朝食のご用意ができておりますよ」

「……ありがとう」

ネラに用意されたのは、二階の角部屋。この屋敷の中で最も日当たりが良い場所だった。フレイダとの婚約期間は半年を予定しており、ネラのことを大切にしたいからという理由で、半年後まで寝室は別となっている。

朝は、侯爵邸のメイドたちがネラのことを部屋まで起こしに来てくれる。ひとりはカーテンを開け、ひとりは白湯を用意してくれる。

カーテンの隙間から差し込む陽光に目を眇めつつ、ぐっと伸びを押してから、ネラは白湯を受け取った。

白湯で乾燥した喉を潤しながら窓の外を少し眺めると、朝露の匂いが鼻腔をくすぐり、冷たい風が頬を撫でていく。

(今日もちゃんと、見えてる)

空になったコップをメイドに預けて、見えるようになった左目の瞼を撫でた。

目が見えないということが自分にとって当たり前になりつつあったので、新鮮で不思議な感覚がいまだに続いている。

気持ちを切り替えて寝台から立ち上がり、メイドたちに手伝ってもらいながら着替えを済ます。その後、髪を梳かしてもらったり、簡単な化粧を施してもらったりして、身支度を整えた。


食堂に行くと、すでにフレイダが席に座って待っていた。長くて大きなテーブルの主人用の席に彼がいて、最も近い場所にネラの席が用意されている。

「おはようございます。ネラさん」

「おはようございます」

フレイダはこちらの姿を見て、愛しそうに目を細めた。彼は出勤前なので、王衛隊の制服を身にまとっている。

朝にもかかわらず、その造形美は少しも損なわれることはなく、後光が差しているかのように煌めいていた。前世は彼と出会う前に失明していたため、ここまで見目麗しい男が傍で護衛をしていたとは思わなかった。瞳に影を落とすまつ毛の一本まで洗練されたその美貌に、ネラは一瞬魅入った。

ネラが席に着いてまもなく、ふたりのもとに食事が運ばれてきた。パンにスープ、サラダと果物。侯爵邸のシェフが作った料理はどれも美味しくて、喉を通る度に、今日を頑張るための活力になっていくのを感じた。そこで、フレイダのスプーンが全然進んでいないことに気づく。

「フレイダ様、食欲がないのですか？」

「いいえ、そういうわけではありません。ただ、こうしてネラさんと一緒に朝食を食べていることがとても幸せで……。喜びを噛み締めておりました」

「それ、私がここに来てから毎日言っていますね」

朝食を食べているときだけではない。昼食のとき、夕食のとき、庭を散歩するとき、本を読んでいるとき。何気ない日常のひとつひとつに、フレイダは感激していた。

けれどそれは、ネラも同じだ。前世の死に別れが辛かったのはもちろん、今世もなかなか自分に自信が持てず、彼の気持ちに応えられずにいたから。ようやく念願叶って結ばれて、喜びもひとしおである。もっともネラは、彼と違ってあまり感情が表に出るようなタイプではないのだが。

「あの……ネラさん」

「はい」

フレイダはおもむろに、スプーンを置いていった。

「俺に対して、敬語を使っていただかなくてもいいんですよ」

アストレアだったころは、ミハイルに対して敬語を使っていなかった。けれども今世は聖女としての地位はなく、平凡な女性として生きていたことが染み付いている。

（私はすっかり、ネラとしての生き方に順応しているのね）

ネラからすれば、フレイダは侯爵家の当主という格上の存在だ。いくら婚約者になったからといって、すぐに馴れ馴れしい態度を取れるような相手ではない。傍から見れば、ネラがフレイダに気安く接し、逆にフレイダがネラに仰々しい態度を取るのは不自然だろう。

「今は聖女と部下ではなく、侯爵家の当主と一介の占い師ですから。……それを言うなら、フレイダ様こそ、私に敬語を使わなくていいんですよ」

「恐れ多いです……！」

「それは前世からの刷り込みですか？」

フレイダは首を横に振る。

「いいえ。私にとってあなたが、昔も今も、誰よりも崇高で敬うべきお方であるというだけです」

「……」

随分と入れ込まれたものだと、ネラは苦笑を零した。

自分は彼が思うような特別な人間などではなく、本当はどこにでもいる普通の娘なのに。

「ではしばらくは、現状維持という方向性でいきましょうか」

「はい。そのように」

そしてふたりは、再び敬語で話し出すのだった。

朝食を食べ終わった後は、仕事に出かけるフレイダをエントランスまで見送る。

「それでは行ってきます。ネラさん」

「お気をつけて」

フレイダはにこりとこちらに微笑みかけて、出かけていった。


その日の昼ごろになって、ネラのもとに来客があった。

「ねえ、あの人はもう私のこと好きじゃなくなったのかな？」

「夫の帰りが最近遅いんだけど、これって浮気かしら!?」

「今の職場を辞めたいんだけど、どうしたらいいと思いますか……？」

侯爵邸の一室で、ネラは女性たちに囲まれて質問攻めに遭っていた。ネラは、かつてボワサル家にいたときのようにサロンを作り、気まぐれに人々の悩みを聞いている。

円卓を囲うように椅子が並び、そのうちのひとつにネラは腰を下ろしている。

「申し訳ありませんが、おひとりずつ、お話ししていただけますか。全員のことを占いますから」

ネラは相変わらず、どんな依頼者に対しても正直に、そして誠実に対応した。

時々、望み通りの回答を得られずに腹を立てる者もいたが、ライン侯爵の婚約者に対し、水をかけるなどの失礼な態度を取る恐れ知らずはさすがにいなかった。

依頼者は、貴族から平民まで様々。バー・ラグールで働いていたころからの常連や、それより前からネラに傾倒していた人もいる。

「ああ、やっぱりネラさんはすごいわね！　話を聞いてもらってすっきりしたわ！」

「本当本当！　これ、ささやかだけどお礼です」

差し出されたのは美味しそうなチョコレートだった。磨いたような艶があって、きらきらと宝石のごとく輝いて見える。「どうぞ食べてください」と言われ、味見しようと手を伸ばしたそのとき、依頼者のひとりがテーブルにばんっと手をつき、身を乗り出してくる。箱の中に収まっていたチョコレートが宙に跳ねるのを見て、ネラは身構えた。

「ねえ、ネラ様はフレイダ様とどうやって知り合ったんです⁉」

「えっと……彼はバー・ラグールの常連客だったんです」

もっと言えば、出会ったのは三百年前で、当時は聖女と護衛騎士の関係だったのだが、それを言ったところで、信じてもらえないだろう。

「ああやっぱり！　フレイダ様って近寄りがたくて気難しそうなイメージなんだけど、ちゃんと仲良くしている？」

仲良くしているかどうかと聞かれたら、その答えはもちろん「はい」だ。とにかく毎日、これでもかというくらい優しくされ、大切にされている。

「……はい。とても大切にしていただいています」

いつもは無表情のネラの表情が一瞬だけ緩み、女性たちは顔を見合わせた後、きゃあっと盛り上がった。

「もっと惚気を聞かせてちょうだい！　行ってきますのちゅーはしてるの？」

「行ってきますのちゅー……」

女性の言葉を復唱したあと、ネラはまた無表情に答える。

「いえ。まだ口付けをしたことがありません」

「「ええっ⁉」」

彼女たちの驚きの声がサロン中に響き渡り、ネラは目を瞬かせた。行ってきます、お帰りなさいのキスどころか、ネラとフレイダが口付けを交わしたことは一度としてない。アストレア時代を含めれば、頑固なアストレアを黙らせるために強引に唇を奪われたことがあったけれど。

世の中の恋人たちはもっと、気軽にスキンシップを取るものなのかもしれないが、ネラとフレイダの場合は違った。

「まぁまぁ、ネラ様が気の毒だわ。フレイダ様はよっぽど意気地なし――ンンッ、ではなく、奥ゆかしいお方なのね。婚約者になりたてのいっちばんいいときにキスもしたことがないってどういうことなの？」

「……は、はい」

女性たちの勢いにネラは圧倒されて、はいはいと頷くことしかできなかった。

「ネラ様だって、フレイダ様とキスしたいと思うでしょう？」

「……！」

ネラははっと息を飲んだ。前世ではお互い聖職者で、恋愛をすることはもちろん、異性と触れ合うことすらはばかられる立場だったが、今はもうそのような制約はない。

ちょっとしたスキンシップをすることはあれど、前世の制約が染み付いているのか、はたまたネラに遠慮しているのか、フレイダはネラに触れることにそれほど積極的ではない。

（フレイダ様と、口付け……）

おもむろに唇に指を伸ばす。

フレイダはネラのことを、尊くて気高い相手だと評しているのだ。彼のような生真面目な男が、そんな相手に易々と口付けをするだろうか。

女性たちはフレイダを度胸のない男だと非難しているが、この場合、気の毒なのはむしろ彼の方かもしれない。フレイダはどこまでもネラに対して誠実で理性的なだけなのだ。抱き締めるときにもお伺いを立ててきたように、それこそ、ネラが何らかの意思表示をしない限り、半年後の婚姻の儀までどころか、その先も、口付けの機会はやって来ないかもしれない。


日々の習慣となりつつある占い師ネラのサロンも夕方にはお開きとなった。本を読みながらのんびりと過ごしていたら、ちょうど日が暮れたころにフレイダが帰宅した。

王衛隊の仕事はそれなりに忙しく、時々深夜に帰ってくるようなこともあるが、通常は今日のように日が暮れるころには帰ってくる。メイドがフレイダの帰宅を告げに来たので、本をテーブルに置いて、ひとり掛けの椅子からそっと立ち上がった。

エントランスに行くと、フレイダが仕事の疲れを感じさせない爽やかな笑顔で微笑む。

「ただ今帰りました」

「お帰りなさい。お仕事お疲れ様です」

ネラはくるりと背を向け、主人の出迎えのためにエントランスに集まった使用人たちに告げる。

「――あなたたちは下がっていてください」

「「かしこまりました」」

ネラの指示に彼らは恭《うやうや》しく一礼して、エントランスを離れていった。広いエントランスに、ネラとフレイダのふたりきり。なぜ人払いをするのかと、フレイダは不思議そうに首を傾げる。

「何か込み入った話でも？　立ったままではネラさんが疲れてしまうので、居間に移動しましょうか」

「少し、かがんでいただけますか？」

「……？　はい」

フレイダの言葉を遮るように告げられた願いに、彼は不思議そうな顔をしている。だが、ネラに対してはどこまでも忠実な彼は、疑いもせずに言われたままにすぐに身をかがめた。

「これでいいです――ん」

いいですか、と言いかけたのと、フレイダの薄い唇にネラが口付けをしたのはほぼ同時だった。

彼の鍛えられた胸に手を添えて、触れるだけの口付けをした後、ネラはさっと身を引く。

一方のフレイダは、大きく目を見開いて硬直していた。まもなく、己の身に何が起こったのかを理解した彼は、動揺しながら声を絞り出す。

「ネラさん……今のは……」

「時々、こういうスキンシップを取りたいということを……お伝えしておこうかと思いまして。もしフレイダ様が遠慮なさっているようでしたら、その必要はない……ので」

恥ずかしくて消えてしまいそうになるのを堪えながら、耳の先まで赤くした顔で懸命に気持ちを伝えた。

「……！」

ネラの一生懸命な姿を目の当たりにしたフレイダは、口元に手を添えながら「どうしたものか……」と困ったような声を漏らした。そしてすぐにネラにつかつかと歩み寄り、腰をさらう。

フレイダの熱を帯びた眼差しに射抜かれて、どきんとネラの心臓が跳ねた。逃げようと咄嗟に身じろいだが、力強い腕に対しては無駄な抵抗にしかならない。

「ずるいですよ、ネラさん。あなたが嫌がることはしたくないと必死な思いで自分を戒めてきましたが……。ですが、そんな可愛いことを言われると我慢ができなくなります。でも、嬉しいです。触れてもいいと思ってくださっているんですよね？」

「あの……」

フレイダの視線は、獲物を見つけた獣のようにネラを捕らえて離さない。フレイダは長い指でネラの輪郭をつうと撫でてから顎をすくった。節のある男の手で撫でられ、切なくて甘い疼《うず》きが身体に広がっていく。

「フ、フレイダさ――」

「まだ全然足りないです、ネラさん」

「……っ！」

そのまま、フレイダは戸惑うネラにゆっくりと顔を近づけて、あと少し動いたら唇同士が触れてしまいそうな距離で囁いた。

「俺に口付けされるのは、嫌ではないんですよね？　嫌なら……突き飛ばしてください」

「嫌なはず……ありません」

ネラが目を閉じると、とびきり優しい口付けが降ってくるのだった。先ほどよりも深くて甘いキスに、彼のことしか考えられなくなっていく。ネラの心はフレイダに囚われていく。

ふたりの甘やかで幸福な日々は、こうして続いていく。

この作品に対する皆様のご意見・ご感想をお待ちしております。

おハガキ・お手紙は以下の宛先にお送りください。

【宛先】

〒150-6019 東京都渋谷区恵比寿4-20-3 恵比寿ｶﾞｰﾃﾞﾝﾌﾟﾚｲｽﾀﾜｰ 19F
（株）アルファポリス　書籍感想係

メールフォームでのご意見・ご感想は右のＱＲコードから、
あるいは以下のワードで検索をかけてください。

アルファポリス　書籍の感想　検索

ご感想はこちらから

本書は、「アルファポリス」（https://www.alphapolis.co.jp/）に掲載されていたものを、
改題、改稿、加筆のうえ、書籍化したものです。

捨《す》てられ（元《もと》）聖女《せいじょ》は運命《うんめい》の騎士《きし》に溺愛《できあい》される

曽根原ツタ（そねはら つた）

2024年 11月 5日初版発行

編集－徳井文香・森 順子
編集長－倉持真理
発行者－梶本雄介
発行所－株式会社アルファポリス
〒150-6019 東京都渋谷区恵比寿4-20-3 恵比寿ｶﾞｰﾃﾞﾝﾌﾟﾚｲｽﾀﾜｰ19F
TEL 03-6277-1601（営業） 03-6277-1602（編集）
URL https://www.alphapolis.co.jp/
発売元－株式会社星雲社（共同出版社・流通責任出版社）
〒112-0005 東京都文京区水道1-3-30
TEL 03-3868-3275
装丁・本文イラスト－冬海煌
装丁デザイン－AFTERGLOW
（レーベルフォーマットデザイン—ansyyqdesign）
印刷－中央精版印刷株式会社

価格はカバーに表示されてあります。

落丁乱丁の場合はアルファポリスまでご連絡ください。

送料は小社負担でお取り替えします。


ISBN978-4-434-34701-6 C0093